中国孩子最喜爱的情感读本

感谢生命

焦 育 ◎ 主编

图书在版编目(CIP)数据

感谢生命/焦育主编. —北京：北京大学出版社,2009.1
（中国孩子最喜爱的情感读本）
ISBN 978-7-301-14743-6

Ⅰ.感… Ⅱ.焦… Ⅲ.儿童文学－故事－作品集－世界 Ⅳ.I18

中国版本图书馆CIP数据核字(2008)第193754号

书　　　名：感谢生命
著作责任者：焦　育　主编
丛 书 主 持：郭　莉
责 任 编 辑：郭　莉
标 准 书 号：ISBN 978-7-301-14743-6/G · 2541
出 版 发 行：北京大学出版社
地　　　址：北京市海淀区成府路205号　100871
网　　　站：http://www.jycb.org　http://www.pup.cn
电 子 信 箱：zyl@pup.pku.edu.cn
电　　　话：邮购部 62752015　发行部 62750672　编辑部 62767346
　　　　　　出版部 62754962
印 刷 者：北京大学印刷厂
　　　　　　730毫米×1020毫米　16开本　11.5印张　175千字
　　　　　　2009年1月第1版　2011年8月第5次印刷
定　　　价：20.00元

未经许可，不得以任何方式复制或抄袭本书之部分或全部内容。
版权所有，侵权必究
举报电话：(010)62752024　电子信箱：fd@pup.pku.edu.cn

MULU
目 录

一、生命的账单

日历 ………………………………………………… 2
年年岁岁岁岁年年 ……………………………… 6
不要让篮子空着 ………………………………… 9
人生的草稿和答卷 ……………………………… 11
和时间比赛 ……………………………………… 13
生命的交换 ……………………………………… 15
生命的账单 ……………………………………… 17
生命的2万天该留点什么 ……………………… 19
时间 ……………………………………………… 22

二、珍重生命

生命的滋味 ……………………………………… 24
光明的心曲 ……………………………………… 26
珍重生命 ………………………………………… 28
安于途中 ………………………………………… 32
明朗的航行 ……………………………………… 34
生命就是奇迹 …………………………………… 37

欣赏生命 40
365颗幸运星 43

三、活在珍贵的人间

我从不把自己当成残疾人 46
伟大的日子 53
从丑小鸭到白天鹅 56
我曾是智障者 60
苦难本是一条狗 65
山路弯弯 67
活在珍贵的人间 69

四、如诗如歌的亲情

芒果的滋味 72
买一张火车票去看母亲（节选） 74
中校的命令 76
雪地里的红棉袄 78
爱之清芬 80
写给儿子 82
隧道 84
五岁的出走 87
笨小孩 89
最珍贵的废书 91
父亲的收藏 92
母爱如佛 94
一生走不出您浓浓的爱 96
六点十分的爱 98

五、感动是一种养分

记住什么，忘掉什么 100
感动是一种养分 102
学会感恩 104
知遇之恩 107
感恩之心 109
莫忘致谢 111
有温度的词汇 113

六、因为爱，所以温暖

盲人看 116
因为爱，所以温暖 118
生活对爱的最高奖赏 123
爱，让生命延伸 125
88个新年祝福 128
改变一生的闪念 130
乞丐 132
一碗牛肉面 133

七、我们正在长大

校长向我道歉 136
6岁那年的圣诞节 139
甜蜜世界 142
半份礼物 144
钓鱼 146
窗下的树皮小屋（节选） 148
卖眼泪的孩子 151
童年 154

八、多彩的生命

琥珀珠 …………………………………………………… 156

贝壳 ……………………………………………………… 159

蚂蚁的伟大 ……………………………………………… 160

被带到悬崖的鹰 ………………………………………… 161

美丽的接触 ……………………………………………… 163

森林与草原(节选) ……………………………………… 165

旅鼠 ……………………………………………………… 167

树叶 ……………………………………………………… 172

一、生命的账单

YI SHENGMING DE ZHANGDAN

日历 / 冯骥才
年年岁岁岁岁年年 / 张晓风
不要让篮子空着 / 赵　云
人生的草稿和答卷 / 梁红芳
和时间比赛 / 林清玄
生命的交换 / 赵　刚
生命的账单 / 梅桑榆
生命的 2 万天该留点什么 / 吴志翔
时间 / 席慕容

感谢生命
GANXIE SHENGMING

日 历

【冯骥才】

我喜欢用日历，不用月历。为什么？

厚厚一本日历是整整一年的日子。每扯下一页，它新的一页——光亮而开阔的一天便笑嘻嘻地等着我去填满。我喜欢日历每一页后边的"明天"的未知，还隐含着一种希望。"明天"乃是人生中最富魅力的字眼儿。生命的定义就是拥有明天。它不像"未来"那么过于遥远与空洞。它就守候在门外。走出了今天便进入了全新的明天。白天和黑夜的界线是灯光；明天与今天的界线还是灯光。每一个明天都是从灯光熄灭时开始的。那么明天会怎样呢？当然，多半还要看你自己的。你快乐它就是快乐的一天，你无聊它就是无聊的一天，你匆忙它就是匆忙的一天。如果你静下心来就会发现，你不能改变昨天，但你可以决定明天。有时看起来你很被动，你被生活所选择，其实你也在选择生活，是不是？

每年元月元日，我都把一本新日历挂在墙上。随手一翻，光溜溜的纸页花花绿绿滑过手心，散着油墨的芬芳。这一刹那我心头十分快活。我居然有这么大把大把的日子！我可以做多少事情！前边的日子就像一个个空间，生机勃勃，宽阔无边，迎面而来。我发现时间也是一种空间。历史不是一种空间吗？人的一生不是一个漫长又巨大的空间吗？一个个明天，不就像是一间间空屋子吗？那就要看你把什么东西搬进来。可是，时间的空间是无形的，触摸不到的。凡是使用过的日子，立即就会消失，抓也抓不住，而且了无痕迹。也许正是这样，我们便会感受到岁月的匆匆与虚无。

有一次，一位很著名的表演艺术家对我讲她和她丈夫的一件

一、生命的账单

事。她唱戏，丈夫拉弦。他们很敬业。天天忙着上妆上台，下台下妆，谁也顾不上认真看对方一眼，几十年就这样过去了。一天老伴忽然惊讶地对她说："哎哟，你怎么老了呢！你什么时候老的呀？我一直都在你身边怎么也没发现哪！"她受不了老伴脸上那种伤感的神情。她就去做了美容，除了皱，还除去眼袋。但老伴一看，竟然流下泪来。时针是从来不会逆转的。倒行逆施的只有人类自己的社会与历史。于是，光阴岁月，就像一阵阵呼呼的风或是闪闪烁烁的流光，它最终留给你的只有无奈而频生的白发和消耗中日见衰弱的身躯。因此，你每扯去一页用过的日历时，是不是觉得有点像扯掉一个生命的页码？

我不能天天都从容地扯下一页。特别是忙碌起来，或者从什么地方开会、活动、考察、访问归来，往往看见几页或十几页过往的日子挂在那里，黯淡、沉寂和没用。被时间掀过的日历好似废纸，可是当我把这一叠用过的日子扯下来后，往往又不忍丢掉，而把它们塞在书架的缝隙或夹在画册中间，仿佛它们是从地上拾起的落叶。它们是我生命的落叶！

别忘了，我们的每一天都曾经生活在这一页一页的日历上。

记得1976年唐山大地震那天，我在长沙路思治里12号那个顶层上的亭子间被彻底摇散，震毁。我们一家三口像老鼠那样找一个洞爬了出来。我双腿血淋淋的，站在洞外，那感觉真像从死神的指缝里侥幸地逃脱出来。转过两天，我向朋友借了一架方形铁盒子般的海鸥牌相机，爬上我那座狼咬狗啃废墟般的破楼，钻进我的房间——实际上已经没有屋顶。我将自己命运所遭遇的惨状拍摄下来。我要记下这一切。我清楚地知道这是我个人独有的经历。这时，突然发现一堵残墙上居然还挂着日历——那蒙满灰尘的日历的日子正是地震那一天：1976年7月28日，星期三，丙辰年七月初二。我伸手把它小心地扯下来。如今，它和我当时拍下的照片，已经成了我个人生命史刻骨铭心的珍藏了。

由此，我懂得了日历的意义。它原是我们生命忠实的记录。从"隐形写作"的含义上说，日历是一本日记。它无形地记载我

感谢生命
GANXIE SHENGMING

每一天遭遇的、面临的、经受的,以及我本人的应对与所作所为,还有改变我的和被我改变的。

然而人生的大部分日子是重复的——重复的工作与人际,重复的事物与相同的事物都很难被记忆,所以我们的日历大多页码都黯淡无光。过后想起来,好似空洞无物。于是,我们就碰到一个非常重要的人本的话题——记忆。人因为记忆而厚重、智慧和变得理智。更重要的是,记忆使人变得独特。因为记忆排斥平庸。记忆的事物都是纯粹而深刻个人化的。所有个人都是一个独特的"个案"。记忆很像艺术家,潜在心中,专事刻画我们自己的独特性。你是否把自己这个"独特"看得很重要?广义地说,精神事物的真正价值正是它的独特性。无论是一个人,还是一种文化。记忆依靠载体。一个城市的记忆留在它历史的街区与建筑上,一个人的记忆在他的照片上、物品里、老歌老曲中,也在日历上。

然而,人不能只是被动地被记忆,我们还要用行为去创造记忆。我们要用情感、忠诚、爱心、责任感,以及创造性的劳动去书写每一天的日历。把这一天深深嵌入记忆里。我们不是有能力使自己的人生丰富、充实以及具有深度和分量吗?

所以我写过:

"生活就是创造每一天。"

我还在一次艺术家的聚会中说:

"我们今天为之努力的,都是为了明天的回忆。"

为此,每每到了一年最后的几天,我都不肯再去扯日历。我总把这最后几页保存下来,这可能出于生命的本能。我不愿意把日子花得精光。你一定会笑我,并问我这样就能保存住日子吗?我便把自己在今年日历的最后一页上写的四句诗拿给你看:

  岁月何其速,
  哎呀又一年。
  花叶全无迹,
  存世唯诗篇。

一、生命的账单

　　正像保存葡萄最好的方式是把葡萄变为酒，保存岁月最好的方式是致力把岁月变为永存的诗篇或画卷。

　　现在我来回答文章开始时那个问题：为什么我喜欢日历？因为日历具有生命感。或者说日历叫我随时感知自己的生命并叫我思考如何珍惜它。

人生最终的价值在于觉醒和思考的能力，而不只在于生存。

——亚里士多德

感谢生命
GANXIE SHENGMING

年年岁岁岁岁年年

【张晓风】

渐渐地，就有了一种执意的想要守住什么的神气，半是凶霸，半是温柔，却不肯退让，不肯商量，要把生活里细细的琐琐的东西一一护好。

一向以为自己爱的是空间，是山河，是巷陌，是天涯，是灯光晕染出来的一方暖意，是小小陶钵里的"有容"。

然后才发现自己也爱时间，爱与世间人"天涯共此时"。在汉唐相逢的人已成就其汉唐，在晚明相逢的人也谱罢其晚明。而今日，我只能与当世之人在时间的长川里停舟暂相问，只能在时间的流水席上与当代人传杯共盏。否则，两舟一错桨处，觥筹一交递时，年华岁月已成空无。

天地悠悠，我却只有一生，只握一个筹码，手起处，转骰已报出点数，属于我的博戏已告结束。盘古一辨清浊，便是三万六千载；李白蜀道不通的年光，忽忽竟有四万八千岁；而天文学家动辄抬出亿万年，我小小的想象力无法追想那样地老天荒的亘古，我所能揣摩所能爱悦的无非是应属于常人神仙故事里的樵夫偶一驻足观棋，已经柯烂斧锈，沧桑几度。

如果有一天，我因好奇而在山林深处看棋，仁慈的神仙，请尽快告诉我真相。我不要偷来的仙家日月，我不要在一袖手之际误却人间的生老病死，错过半生的悲喜怨怒。人间的紧锣密鼓中，我虽然只有小小的戏份，但我是不肯错过的啊！

书上说，有一颗星，叫"岁星"，12年循环一次。"岁星"使人有强烈的时间观念，所以一年叫"一岁"。这种说法，据说发生在远古的夏朝。

一、生命的账单

"年"是周朝人用的,甲骨文上的年字代表人扛着禾捆,看来简直是一幅温暖的"冬藏图"。

有些字,看久了会令人渴望到心口发疼发紧的程度。当年,想必有一快乐的农人在北风里背着满肩禾捆回家,那景象深深感动了造字人,竟不知不觉用这幅画来作三百六十五天的重点勾勒。

有一次,和一位老太太用闽南语搭讪:

"阿婆,你在这里住多久了?"

"唔——有十几冬喽!"

听到有人用冬来代年,不觉一惊,立刻仿佛有什么东西又隐隐痛了起来。原来一句话里竟有那么丰富饱胀的东西。记得她说"冬"的时候,表情里有沧桑也有感恩,而且那样自然地把春耕夏耘秋收冬藏的农业情感都灌注在里面了。她和土地、时序之间那种血脉相连的真切,使我不知哪里有一个伤口轻痛起来。

朋友要带他新婚的妻子从香港到台湾来过年,长途电话里我大概有点惊奇,他立刻解释说:

"因为她想去台北放鞭炮,在香港不准放鞭炮。"

放下电话,我又想笑又端肃,第一次觉得放炮是件了不起的大事,于是把儿子叫来说:"去买一串不长不短的炮,有位阿姨要从香港到台湾来放炮。"

岁除之夜,满城爆裂小小的、微红的、有声的春花,其中一串自我们手中绽放。

我买了一座小小的山屋,只十坪大。屋与大屯山相望,我喜欢大屯山,"大屯"是卦名,那山也真的跟卦象一样神秘幽邃,爻爻都在演化,它应该足以胜任"市山"的。走在处处地热的大屯山系里,每一步都仿佛踩在北方人烧好的土炕上,温暖而又安详。

下决心付小屋的订金,说来是因屋外田埂上的牛以及牛背上的黄头鹭。这理由,自己听来也觉像撒谎,直到有一天听楚戈说某书法家买房子是因为看到烟岚,才觉得气壮一点。

我已经辛苦了一年,我要到山里去过几个冬夜,那里有豪奢

感谢生命

的安静和孤绝,我要生一盆火,烤几枚干果,燃一屋松脂的清香。

你问我今年过年要做什么?你问得太奢侈啊!这世间原没有什么东西是我绝对可以拥有的,不过随缘罢了。如果蒙天之惠,我只要许一个小小的愿望,我要在有生之年,年年去买一钵素水仙,养在小小的白石之间。

中国水仙和自盼自顾的希腊孤芳不同,它是温驯的、偎人的,开在中国人一片红灿的年景里。

除了水仙,我还有一个俗之又俗的心愿,我喜欢遵循着老家的旧俗,在年初一的早晨吃一顿素饺子。

素饺子的馅以荠菜为主,我爱荠菜的"野蔬"身份,爱小时候提篮去挑野菜的情趣,爱以素食为一年第一顿餐点的小小善心,爱民谚里"三月三,荠菜花,赛牡丹"的憨狂口气。

荠菜花花瓣小如米粒,粉白,不仔细看根本不容易发现,到了老百姓嘴里居然一口咬定荠菜花赛过牡丹。中国民间向来总有用不完的充沛自信,李凤姐必然艳过后宫佳丽,一碟名叫"红嘴绿鹦哥"的炒菠菜会是皇帝思之不舍的美味,郊原上的荠菜花绝胜宫中肥硕痴笨的各种牡丹。

吃荠菜饺子,淡淡的香气之余,总有颊齿以外嚼之不尽的清香。

如果一个人爱上时间,他是在恋爱了,恋人会永不厌烦地渴望共花之晨,共月之夕,共其年年岁岁,岁岁年年。

如果你爱上的是一个民族,一块土地,也趁着岁月未晚,来与之共其朝朝暮暮吧!

所谓百年,不过是一千二百番的盈月、三万六千五百回的破晓以及八次的岁星周期罢了。

所谓百年,竟是经不起蹉跎和迟疑的啊,且来共此山河守此岁月吧!大年夜的孩子,只守一夕华丽的光阴,而我们所要守的却是短如一生又复长如人生的年年岁岁岁岁年年啊!

一、生命的账单

不要让篮子空着

【赵 云】

沙滩上撒满了闪亮的贝壳,像是掉了一地的繁星。那孩子捡起一个贝壳看着,随手就把它丢弃。他已经寻找了一个下午,却始终没有找到他心目中那最美丽、最稀罕的贝壳。

夕阳把海和天渲染成一片深深的紫色。他的友伴们快乐地哼着歌儿,提着满满一篮子的贝壳。只有他仍孤独地拖着长长的影子,在海滩上茫然地找寻。海浪喧哗着卷上来,洗去了印在沙上的小小足迹,他手中的篮子仍然空着。

这是小时候听到过的故事,已记不清孩子们捡拾的到底是贝壳还是别的。但这故事蕴含的哲理却常常使我深思。那孩子心目中最美丽、最稀罕的贝壳,象征着人们心中一个悬空的目标。在人生的海滩上,晶莹璀璨的贝壳散布在我们的四周。然而,当我们被那唯一的、悬空的目标所眩惑,我们将如那孩子一样,无视于海滩上闪亮如繁星的贝壳,也失去了捡拾贝壳过程中的乐趣。

当别人快乐地哼唱着生命之歌,提着充实的篮子走向归途时,那一心向往着要找寻到最完美贝壳的人,将怅惘地提着空的篮子,拖着长长的身影,在夕阳中孤独地寻找。

心理学家埃里克松在他的人格发展学说中,认为人们在五十岁左右,将会回首检视已走过的人生。如果在过去的发展阶段得不到满足,他将对这一生感到失望,往前看去,已经时不我予,颇有不堪回首的意味了。从其他方面来看也是如此,散布在我们四周的贝壳也许不是最完美、最珍贵的,但它们是实在的。经过了细细的挑选,捡起来,在海水中把它洗得闪闪发亮,然后轻轻地放进篮子,一点一点地装满,内心的愉悦和满足也随着一点一

感谢生命
GANXIE SHENGMING

点地升起。

假如一心一意，只想着要找到"最完美"的贝壳，等到夕阳西下，海浪冲去了印在沙滩上的足迹，回首检视手中的篮子，也许会失望地发现篮子仍然空着。

人生像一张洁白的纸，全凭人生之笔去描绘。玩弄纸笔者，白纸上只能涂成一摊胡乱的墨迹；认真书写者，白纸上才会留下一篇优美的文章。

——梅特林克

一、生命的账单

人生的草稿和答卷

【梁红芳】

我们所认为的草稿,其实就已经是人生的答卷——无法更改。

小时候,父亲让我跟一位老先生学书法,用废旧报纸练字多年,可自己一直没有大的进步。

老先生对父亲说:"如果你让娃儿用最好的纸来写,可能会写得更好。"

从此以后,父亲就按照他说的去做了。果然,我的字大有长进。问其原因,老先生说,因为你用旧报纸写字的时候,总感觉是在打草稿,即使写得不好也无所谓,以后还有机会,所以就不能完全专心,而用最好的纸,你就会感觉机会的珍贵,有一种很正式的心态,从而也就比平常练习时更加专心致志,用心去写,所以字也就能够写好。

多年以后蓦然回首,自己走过的人生路程,确实有草稿纸上练字的那种心态,以至于许多愿望没能实现。其实就是因为曾经以为自己还是来日方长,所以才一次次失去难得的机遇,白白浪费了一张又一张的人生好纸。因为老是有一种非介入的心态,只是把生活里的许多事情当成演习,而不是真刀真枪的实战,所以就没有完全发挥出自己的潜能和专长,更没有全力以赴地去做事,结果就可想而知了。

许多时候,我们老是在犯这样的错误,总把希望寄托在明天,不珍惜生命;对人生就像写字一样,往往不注重字写得怎样,而只是看花费了多少纸。

生命不应该打草稿,而现实的生活其实也不会给我们打草稿的机会,因为我们所认为的草稿,其实就已经是我们人生的答

感谢生命
GANXIE SHENGMING

卷——无法更改，亦无法重绘，所以我们要珍惜每一次机会，认真对待每一天。奥斯特洛夫斯基说："人的一生应当这样度过：当回忆往事的时候，他不会因为虚度年华而悔恨，也不会因为碌碌无为而羞愧……"

是的，季节可以重复，时间可以重复，金钱可以重复，唯有生命不可重复。生命之于每个人只有一次。独处的美，如金的沉默，凄凉的诗和悲壮的歌，都告诉我们：要我们经得起挫折，耐得住寂寞。

珍惜生命，摈弃苟且偷安，抓紧争分夺秒，待到硕果累累时，才会真正懂得生命快乐。在人生的海洋中，我们都是赤裸裸的泅渡者。只有不断地修正航向，激励坚强的意志，才能抵达生命的彼岸。除此，我们别无选择。

如果你曾直面过一次生命的消亡。是亲人撒手西去，或是目睹路人死于一次意外的事故。这时，你会感到生命之弦的脆弱，感受到人生的无常。死亡的洗礼会使你的心灵得到净化，你会更加感受到生命之短暂，生命之宝贵，你会更加珍惜生活，珍惜生命的每一分一秒。

别让生命再打草稿，用行动奉献一份爱意给天下的弱者，你的生命价值便得到了延伸；用你的目光呵护道旁的每一株无名小花，你的生命就是原野上的一株大树；用你的心灵去感应树上的每一片绿叶，你的生命从此便获得了安宁与清静。

因为，生命因热爱而动听。

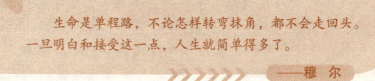

生命是单程路，不论怎样转弯抹角，都不会走回头。一旦明白和接受这一点，人生就简单得多了。

——穆　尔

一、生命的账单

和时间比赛

【林清玄】

读小学的时候，我的外祖母过世了。外祖母生前最疼爱我，我无法排除自己的忧伤，每天在学校的操场上一圈又一圈地跑着，跑得累倒在地上，扑在草坪上痛哭。

那哀痛的日子，断断续续地维持了很久，爸爸妈妈也不知道如何安慰我。他们知道与其骗我说外祖母睡着了（可那总有一天要醒来），还不如对我说实话：外祖母永远不会回来了。

"什么是永远不会回来呢？"我问着。

"所有时间里的事物，都永远不会回来。你的昨天过去，它就永远变成昨天，你不能再回到昨天。爸爸以前也和你一样小，现在也不能回到你这么小的童年了；有一天你会长大，你会像外祖母一样老；有一天你度过了你的时间，就永远不能回来了。"爸爸说。

爸爸等于给我一个谜语，这谜语比课本上的"日历挂在墙壁，一天撕去一页，使我心里着急"和"一寸光阴一寸金，寸金难买寸光阴"还让我感到可怕；也比作文本上的"光阴似箭，日月如梭"更让我觉得有一种说不出的滋味。

以后，我每天放学回家，在家里的庭院里面看着太阳一寸一寸地沉进了山头，就知道一天真的过完了，虽然明天还会有新的太阳，但永远不会有今天的太阳了。

我看到林鸟飞过空中归巢，它们飞得多么快呀，明天它们再飞过同样的路线，也永远不是今天了。而或许明年飞过这条路的，不是老鸟，而是小鸟了。

时间过得那么飞快，使我的小心眼里不只着急，而是悲伤。

感谢生命
GANXIE SHENGMING

有一天我放学回家，看到太阳快落山了，就下决心说："我要比太阳更快地回家。"我狂奔回去，站在庭院前喘气的时候，看到太阳还露着半边脸，我高兴地跳跃起来，那一天我跑赢了太阳。以后我就时常做那样的游戏，有时和太阳赛跑，有时和西北风比快，有时一个暑假才能完成的作业，我10天就做完了，那时我三年级，常常把哥哥五年级的作业拿来做。

每一次比赛胜过时间，我就快乐得不知道怎么形容。

后来的二十年里，我因此受益无穷，虽然我知道人永远跑不过时间，但是人可以比自己原来有的时间跑快一步，如果跑得快，有时可以快好几步。那几步很小很小，用途都很大很大。

如果将来我有什么要教给我的孩子，我会告诉他：假若你一直和时间比赛，你就可以成功！

生命是一支箭——因此，要知道瞄准什么目标和如何运弓——然后把弓弦拉足，让箭飞射出去！

——亨·范戴克

一、生命的账单

生命的交换

【赵　刚】

在一本书中曾经看到，瑞士的婴儿在降生之后，医院会立即通过计算机户籍网络给他（她）编号，同时，医院还会将此婴儿的姓名、性别、出生时间、家庭住址等等输入户籍卡中。由于瑞士的户籍卡是统一的格式，因此，即使是刚刚出生的婴儿也会与成年人一样，有一个财产状况的栏目。

据说，有一位南美黑客，十分羡慕瑞士的社会福利待遇，所以想把自己刚刚出生的婴儿注册为瑞士籍。于是，他通过国际互联网侵入到瑞士的户籍网络，并按照户籍卡中的要求，逐一填写了有关表格。在填写财产这一栏时，他随便敲了3.6万瑞士法郎。看到自己天衣无缝的杰作，这名黑客沾沾自喜，暗自庆幸自己从此有了一个"瑞士儿子"。

谁知不出三天，黑客的所作所为便露了马脚。叫人称奇的是，发现这个假冒者的人，并非是户籍管理员，而是一位家庭主妇。她在为自己的孩子注册户口时，不经意间发现前一位婴儿在财产栏目中填写了3.6万法郎。她觉得十分奇怪，因为几乎所有的瑞士人在为自己的初生婴儿填写所拥有的财产时，写的都是"时间"。他们认为，对于一个孩子，尤其是一个刚出生的婴儿来说，所拥有的财富只能是时间，而不会是其他什么别的东西。

南美黑客未曾料到会在这个细节上功亏一篑。其实，在笔者看来，与其说南美黑客是败露在填写的随意上，倒不如讲他是失败在价值观念上。

瑞士人对财富的看法，确实有独到之处。一个人来到世间，最大的财富是什么？说到底就是他的生命，而生命又是以时间来

感谢生命
GANXIE SHENGMING

计算的，因此，从个人角度看，一个人拥有最大的财富就是自己的时间。一个人，从婴儿到衰老，从出生到死亡，就是一个逐渐支付时间的过程。或用时间来换取知识；或用时间来换取金钱；或用时间来换取权势。人，就是这样不知不觉地将自己唯一拥有的本钱——时间，一点一点地支付出去，花费掉，直到走到生命的尽头。

对于每一个人来说，他总有一天要离开这个世界。即使用生命换来再高的地位，再多的金钱，再显赫的声誉，终究要随着生命终结，时间的终止，化为乌有。

我们的生命如此短暂，短暂得大都只有二万多天。在匆忙的一生当中，有所图谋，必有所烦恼；有所贪欲，必有所惩戒；有所得，必有所失。台湾作家林清玄曾经写道："'百花丛里走，片叶不沾身。'那样的生活，才是我们向往的生活。"笔者以为，"百花丛里走"是享受生命与热爱生活；"片叶不沾身"是领悟人生与智慧处世。

人生就像一本书，傻瓜们走马观花似的随手翻阅它，聪明的人用心阅读它，因为他知道这本书只能读一次。

——南·保罗

一、生命的账单

生命的账单

【梅桑榆】

人对于金钱的开支,大多比较留心,购某物花了多少钱,办某事花了多少钱,即使不像账房先生那样笔笔入账,心中也有一本大致的账单,但对于时间的付出,却往往不大在意。如果有谁为人们在工作、生活等方面所用去的时间一一予以记录,列出一份"生命的账单",不仅十分有趣,而且可能会令人有所感悟,有所警醒。

法国《兴趣点》杂志对人一生中对时间的支配作过一次推算:"站着:30年;睡着:23年;坐着:17年;走着:16年;跑着:1年零75天;吃着:6~7年;看电视:6年;开车:5年;做梦:4年;聊天谈笑:1年零258天;做饭:1年零195天;穿衣:1年零166天;排队:1年零135天;过节:1年零75天;阅读:250天;如厕:195天;刷牙:92天;哭:50天;说'你好':8天;看时间:3天。"英国广播公司也曾委托人体研究专家对人的一生进行了"量化"分析,有些数字可以作为这一推算的补充:"沐浴:2年;等候入睡:18周;打电话:2年半;等人回电话:1周;男士们一生中无所事事的时间:2年半。"以上推算和量化分析并不全面,而且有些数字也不具很强的说服力和可信性,但却也为我们大致列出了一个生命的账单。

这份账单上的一连串数字,使我吃惊不小,并且暗暗为自己算了一笔时间账。我年轻时有过酗酒的经历,与人聚饮很少不醉,而一醉就要沉睡数小时,醒来之后,大脑仍是晕晕乎乎,昏昏沉沉,不能正常投入工作。我算了一下酗酒所耗费的时间:饮酒与沉睡至少要耗去8小时(醒后浑浑噩噩的状态尚不算在内),即一

感谢生命

个工作日，每月以8次计，一年就要耗去96个工作日，如果酗酒30年，就要耗去2880个工作日。幸亏我后来改变了环境，不再沉醉于酒，我生命的账单上才减少了这笔完全不必要的开支。我是个烟民，我算了一下抽烟所耗费的时间：我抽一支烟需时5分钟左右，并且在抽烟时要停下手中的工作或因抽烟而推迟做某事，我每日抽烟一包，耗时100分钟，一年就是36000分钟，也即600个小时。如果我做40年的烟民，就要为抽烟耗去24000个小时，即3000个工作日。如果将这些时间用于读书写作，我将要多读多少书，多写多少文章？除此之外，懒觉和无所事事是两头永远喂不饱的猪，不知吞掉了我多少原本可以用于工作的时间。

任意空耗时光者当然并非我一人。有的人乐于闲聊，一日无人与他扯淡就觉得度日如年；有的人乐于作长夜饮，二三酒友相聚没五六个小时不能尽兴；有的人乐于赌，垒起"长城"常常通宵不疲；有的人乐于煲电话粥，抓着话筒聊上一两个小时仍言犹未尽；有的人乐于睡，别说日出三竿，即使红日当顶他仍高卧不起……这些人的生命账单上，有些数字就要改写，或是聊天8年，或是饮酒6年，或是打电话5年，或是搓麻将12年，或是睡觉30年……《兴趣点》杂志根据推算结果得出结论：成年人一年醒着的时间，只有40%用于工作。而上述这些空耗时光的人，用于工作的时间，恐怕只能有20%~30%，甚至更少。

人们对于自己存折上的数字，总是了然于心，每项开支总有其目的性，若是花了不当花的钱，心里就会又后悔又惋惜。殊不知生命也像一个存折，这个存折上的数字只会减少而不会增加，如果我们将一部分生命支付于无意义的事情上，便会给有意义的工作造成无法弥补的损失。每一个珍爱生命、并且不愿白活一生的人，都应该经常查看一下自己生命的账单，将以往的支出盘盘点，总结教训，纠正失误，制定合理的计划，尽量压缩不必要的支出，像开支金钱一样开支组成生命的每一天。

一、生命的账单

生命的 2 万天该留点什么

【吴志翔】

时钟嘀嗒嘀嗒地走着,我知道那是我的生命在流淌。

不知从哪一天起,我们开始对自己的年龄敏感起来。20 岁以前,总觉得还没有进入生活,但今天回过头看,偏偏又觉得那时候的故事最多,记忆最饱和。日历一页页地翻,年龄无声息地长,偶尔翻翻旧照片,会惊异于那双满是稚气的大眼睛曾经属于我!忽然间,我们似乎意识到,许多东西在不经意中已经永远湮没在黑暗中了。在成长的同时,我们也失落了渴盼成长的心情。

我曾经好多次向朋友们问过同一个问题:"人一般能活多少天?凭你的感觉尽快报个数字出来。"

"10 万天!"

"20 万天!"

几乎每个人的声音都响亮而充满自信。然而,我却告诉他们,人的生命实在只有 2 万多天。起初,没有一个人相信我的话,说:"是不是少了一个零?"经过一番计算之后,朋友们深深地叹息了:"怎么?人生如此短暂!"

天黑下来了,我拧亮台灯。时钟嘀嗒嘀嗒地走着,我知道那是我的生命在流淌。我打开一本书,米兰·昆德拉正在说:"我讨厌听我的心脏的跳动;它是一个无情的提示,提醒我生命的分分秒秒都被点着数。"可是我没法不听,正如我们没法拒绝 2 万多个日子一个个溜走;我的心脏没法不跳动,正如树叶在秋天里没法不飘落。心脏停止跳动,那便是我们的末日。我平静地想着:我们怎样才能在最后走进坟墓之前,没有遗憾?这个问题非常接近那段我们耳熟能详的经典语录:"当我们回首往事的时候……"

感谢生命

GANXIE SHENGMING

这个时代已经不可能只存在一种声音，也失去了响亮的压倒一切的"黄钟大吕"。当年奉为圭臬的东西今天或许被扔进了垃圾箱。人们更懂得珍惜自己的琐细欲望，为物质和肉体急急奔忙。人们抛弃了一个英雄的时代，继而也抛弃了英雄所具有的精华。没有了殉道者般的神圣和信仰，没有了朝圣者般的坚忍与顽强，没有大爱，没有大恨，没有大悲，也没有大喜。

于是，我想到一个人，半个世纪以前，他在《生命的路》中写道："自然赋予人们的不调和还很多，然而生命绝不因此回头。"这个人就是鲁迅，他追索的是大生命。他"为了肩起黑暗的闸门而拥有一颗黑暗的心"，他"是现代中国最痛苦的灵魂，不管怎样，他都是一个战士"。可以有千万个陶渊明、苏东坡，可以有数不清的林语堂、梁实秋，但是鲁迅，只有一个。

一种坚挺、鲜亮的人格精神在今天是极其稀罕的。

几天前，重读小说《北方的河》，我再一次被感动。瞧那个人，他坚定地站着！他有一种足以震慑群生的气度，他的硬朗的质地是对众多聪明人的嘲讽，他的沉默和铁一般的冷峻令机会主义者心惊。那个人，他是来自欧亚大陆高纬度的坚硬的风，他有信仰："信仰，你这纯钢百炼的处女！"

还有海子，质朴而清亮的海子。这位诗人没有活满1万天，但他永远保持了纯洁。他"站在太阳痛苦的光芒上"，复活了。

"诗意是人的栖居必备的基本能力。"海德格尔下了这样的断语。这诗意，动物不会有，它是我们人类的粮食。

夜深了，时钟依然嘀嗒嘀嗒地走着，我听到自己的心脏跳动的声音。我合上眼睛，看到了这样一幅幅图景：鲁迅在夜里一边咳嗽，一边写文章，灯光昏黄，"爱夜的人于是领受了夜所给予的光明"；弗朗茨·卡夫卡彻夜写完自传体小说《判决》，完成了与自己灵魂的对话，"我的心脏周围隐隐作痛"；马赛尔·普鲁斯特从35岁到死，生活在暗室中，门窗紧闭，房间里点着蜡烛，《追忆似水年华》成为他唯一的安慰；张承志做着"静夜功课"，午夜时分，他点燃一支烟，纪念夜与黎明相连的瞬间……

一、生命的账单

这群孤独的人！这群饱满的灵魂！

我这样怀着美感想他们，并不意味着我们的青春必须苦难重重。我不希望青春被某一种方式囚禁，它应该是绚烂的，完全放开的；我不希望20多年的岁月永远背着沉重的十字架，有人背它只是为了别人可以不背它。

我想说的只是：哪怕我们的世界变得越来越狭小，越来越平庸，也别让我们精神的花朵在春天枯萎；哪怕我们四面楚歌，也别忘记保持自己尊贵而骄傲的呼吸。

生当作人杰，死亦为鬼雄。
——李清照

生命如同寓言，其价值不在长短，而在内容。
——塞内卡

感谢生命
GANXIE SHENGMING

时　间

【席慕容】

　　一锅米饭，放到第二天，水气就会干了一些。放到第三天，味道恐怕就有问题。第四天，我们几乎可以发现，它已经变坏了。再放下去，眼看就要发霉了。

　　是什么原因，使那锅米饭变馊变坏？是时间。

　　可是，在浙江绍兴，年轻的父母生下女儿，他们就在地窖里埋下一坛坛米做的酒。十七八年以后，女儿长大了，这些酒就成为嫁女儿时婚礼上的佳酿，它有一个美丽而惹人遐思的名字，叫女儿红。

　　是什么使那些平凡的米，变成芬芳甘醇的酒？也是时间。

　　到底，时间是善良的，还是邪恶的魔术师呢？不是，时间只是一种简单的乘法，能把原来的数值倍增而已。开始变坏的米饭，每一天都不断变得更腐臭。而开始变醇的美酒，每一分钟，都在继续增加它的芬芳。

　　在人世间，我们也曾看到过天真的少年一旦开始堕落，便不免愈陷愈深，终于变得满脸风尘，面目可憎。但是相反的，时间却把温和的笑痕、体谅的眼神、成熟的风采、智慧的神韵添加在那些追寻善良的人身上。

　　同样是煮熟的米，坏饭与美酒的差别在哪里呢？就在那一点点酒曲。

　　同样是父母所生的，谁堕落如禽兽，而谁又能提升成完美的人呢？是内心深处，紧紧怀抱不放的，求真求善求美的渴望。

　　时间将怎样对待你我呢？这就要看我们自己是以什么态度来期许我们自己了。

二、珍重生命

ER ZHENZHONG SHENGMING

生命的滋味 / 苏蒝玲
光明的心曲 / 赵丽宏
珍重生命 / 江裛弘
安于途中 / 连玉基
明朗的航行 / 王　蒙
生命就是奇迹 / 周怡倩
欣赏生命 / 赵泽华
365 颗幸运星 / 百　洋

感谢生命
GANXIE SHENGMING

生命的滋味

【苏菡玲】

只有一个真正严肃的哲学问题,那就是自杀。这是加缪《西西弗斯神话》里的第一句话。朋友提起这句话时,正躺在医院急诊室,140粒安定没有撂倒他,又能够微笑着和大家说话了。

另一位朋友肺癌晚期,一年前医生就下过病危通知书,是钱、药、家人的爱在一点一点地延长着他的生命。对于病人,病的折磨或许会让他感到生不如死,对于亲人来说,不惜一切代价,只要他活着,只要他在那儿。

人无权决定自己的生,但可以选择死。为什么要活着?怎么活下去?是终生都要面对的问题。

有一个春天很忧郁,是那种看破今生的绝望,那种找不到目的和价值的空虚,那种无枝可栖的孤独与苍凉。一个下午我抱了一大堆影碟躲在屋内,心想就这样看吧看吧看死算了。直到我看到它——伊朗影片《樱桃的滋味》,我的心弦被轻轻地拨动了。

那时我的电脑还没装音箱,只能靠中文字幕的对白了解剧情。剧情大致是这样的:

巴迪先生驱车走在一条山路上,他神情从容镇静,稳稳地操纵着方向盘。他要寻找一个帮助埋掉他的人,并付给对方20万元。一个士兵拒绝了,一个牧师也拒绝了,天色不早了,巴迪先生依然从容镇静地驱车在公路上寻觅。这时他遇到了一个胡子花白的老者,老者给他讲了一个故事:我年轻的时候也曾经想过要自杀。一天早上,我妻子和孩子还没睡醒,我拿了一根绳子来到树林里,在一棵樱桃树下,我想把绳子挂在树枝上,扔了几次也没成功,于是我就爬上树去。正是樱桃成熟的季节,树上挂满了红玛瑙般

二、珍重生命

晶莹饱满的樱桃。我摘了一颗放进嘴里，真甜啊！于是我又摘了一颗。我站在树上吃樱桃。太阳出来了，万丈金光洒在树林里，涂满金光的树叶在微风中摇摆，满眼细碎的亮点。我从未发现林子这么美丽。这时有几个小学生来到树下，让我摘樱桃给他们吃。我摇动树枝，看他们欢快地在树下捡樱桃，然后高高兴兴地去上学。看着他们的背影远去，我收起绳子回家了。从那以后我再也不想自杀了。生命是一列向着一个叫死亡的终点疾驰的火车，沿途有许多美丽的风景值得我们去留恋。

夜幕降临了，巴迪先生披上外套，熄灭了车内的灯，走进黑暗中。夜色里只看到车灯的一线亮光。然后是无边的、长久的黑暗……

天亮了，远处的城市和近处的村庄开始苏醒，巴迪先生从洞里爬出来，伸了个懒腰，站在高处远眺。

看到这里我决定认认真真洗把脸，把鞋子擦亮，然后到商场给自己买束鲜花。

后来我曾经问过那位放弃生命的朋友，问他体验死亡的感觉如何。他说一直在昏迷中，没觉得怎么痛苦。倒是出院那天，看到阳光如此的明媚，外面的世界如此的新鲜，大街上姑娘们穿着红格子呢裙，真是可爱。长这么大第一次发现世界是这样的美好。

世界还是那个世界，只是感受世界的那颗心不同而已。

患肺癌的朋友已经作了古，记得他生前最爱吃那种烤得两面焦黄的厚厚的锅盔。每次看到卖饼的推着小车走来，就怅然，若他活着该多好！可惜那些吃饼的人，体味不到自己能够吃饼的幸福。

为什么要活着？就为了樱桃的甜，饼的香。静下心来，认真去体验一颗樱桃的甜，一块饼的香，去享受春花灿烂的刹那，秋月似水的柔情。就这样活下去，把自己生命过程的每一个细节都设计得再精美一些，再纯净一些。不要为了追求目的而忽略过程，其实过程即目的。

光明的心曲

【赵丽宏】

傍晚，最后一抹斜阳穿过窗外的绿叶，幽幽地照到我写字桌旁的白墙上。开始是许多斑驳的橙色光点，恍若一片微波荡漾的湖泊，然后暗下来，暗下来，光点由橙色转为暗红，并且奇怪地凝成两个椭圆的光团，无声无息地闪烁着……

无意中见到的新鲜的形象，总是会引起我的遐想。对着墙上这两团闪闪烁烁的夕晖，我发愣了，总觉得它们像什么。闪着火苗的、深沉的、在幽暗中执著地透出亮色的——它们，像什么呢？

蓦地，我的眼前闪出一双眼睛来，一双小姑娘的小眼睛，一双黯淡的眼睛，一双燃烧着希望之火的眼睛……

也是在一个晚霞似火的黄昏，从街心花园的林荫深处，飘出一阵优美的歌声。唱歌的是一位小姑娘，在手风琴的伴奏下，她唱着："在那遥远的地方，清泉在流淌，阳光在歌唱，心儿啊，飞向那遥远的地方……"歌声像清泉，叮叮咚咚地在暮色中流；歌声像阳光，洒在浓浓的绿荫深处。看见唱歌的小姑娘了，一件白色的连衫裙在晚风里飘拂，一只天蓝色的大蝴蝶结，随着歌声在她头顶飞舞。她唱得那么动情，我迎面走去，她竟仿佛没有看见，依然优美地唱着："在那遥远的地方……"

看清她的眼睛时，我不由倒抽一口冷气：一双多么漂亮的大眼睛，然而，又长又黑的睫毛下，覆盖着一层灰色的阴翳——啊，竟是一个盲姑娘！

我站住了，心头一阵震颤，这样美妙、这样无忧无虑的歌声，怎么可能从一个盲姑娘的口中唱出？

"……清泉在流淌，阳光在歌唱……"

二、珍重生命

　　歌声依然在飘来。盲姑娘，陶醉在她的歌声里。她两手合抱成一个拳头，紧紧地贴着胸口，头微微昂起，仿佛在遥望着远方：那流着清泉、飘着阳光的远方，那开满了五彩缤纷的花儿的远方……从她的清脆而又纯美的歌声里，从她的幸福而又神往的微笑里，我似乎也看到了她向往的那个光明灿烂的远方。我知道，在她的憧憬里，这远方绝不是虚幻的，它足以驱散她眼前的黑暗。

　　唱吧，盲姑娘，有一颗热恋光明、向往光明的心，你的生命之路，是不会黯淡无光的。

　　拉手风琴的是位年轻的母亲，她凝视着自己的女儿，手指轻轻地在琴键上移动。也许，女儿直到现在，还不知道母亲是什么模样，还不知道阳光是怎么一回事。然而，从这位母亲抿紧的嘴角上，从那闪着泪光的眼神里，我知道了她的心思，她要用一颗母亲的心，为女儿点燃希望之火。她满怀深情地拉着琴……

　　我慢慢地走了，盲姑娘的歌声却久久地跟随着我，环绕着我："在那遥远的地方……"周围那一片悄然飘落的夜色，仿佛被她的歌声照亮了。我的眼前，只有叮咚作响的清泉，只有灿烂的阳光，还有一对向光明的天空奋力扑腾的柔嫩的翅膀，还有一双燃烧着希望之火的眼睛……

　　墙上的夕晖早已消失，夜色在我的小屋里弥漫，盲姑娘的那支闪着光芒的歌，却又在我的心中响起来……

珍重生命

【江袤弘】

这几天连续阴雨，空气湿度很大，北京似乎进入了梅雨季节。风沙不再，令人舒服的干爽也消失了。为了逃避这种天气，我们买了圆明园的月票。

傍晚的圆明园很静，正是荷花盛开的季节，坐在"接天莲叶无穷碧，映日荷花别样红"的长春园沿岸，没有一丝风吹过，荷花在这样寂静的空气中静悄悄地飘散着清香，似有似无，若浓若淡。突然一声布谷鸟叫，空气被振动了，末梢神经也随之而动。水鸟也活跃起来，发出一连串叫声。这时候，两个从湖南来北大进修的学生漫步过来，站在我身边，面对满湖荷花张开双臂仰头长叹一声道：啊——这简直是人间仙境啊！然后，回头对我说，在北京能有这样的美景真是难得啊！你说是不是？我冲他们笑了笑。

湖岸住着一户人家，是外地人，不知道通过什么人的什么关系住在这里。白天他们卖冷饮零食什么的，晚上就坐在湖边的椅子上，一家人围着圆桌吃饭。电视放在旁边，胡乱地播放着节目，他们有一搭没一搭地不时看一眼。没有一个人仰头看一眼正在盛开的荷花。从他们旁边走过，很多次我都羡慕得无以复加。能够住在这么美的地方该是多大的幸福呢？然而，你一点也感觉不到他们的幸福。先生说，幸福是够着来的。不拼力跳起来去够，随手可得的幸福不叫幸福。

真是如此。所以说，身在福中不知福。生活在被那两个同学说成是"人间仙境"的地方感觉不到幸福，对"仙境"是不是一种浪费？

二、珍重生命

其实，我能够体谅他们没感觉的感觉。他们是从外地到北京讨生活的，关注的是每天的生意，而荷花开不开，水鸟叫不叫，野鸭戏不戏水与他们有什么关系呢？就像公园里捡垃圾的人和游人的感觉不同是一样的。游人看的是美景，捡垃圾的人看的是垃圾。有价值的垃圾才是他们眼中最美的景色！

由于每天去圆明园，我常常看见个别拾荒者提着大塑料袋，眼睛专门往犄角旮旯瞅，见着垃圾筒就紧走几步扑上去，打开看里面有没有需要的东西。这让我想起我曾经见过的一个捡垃圾人。

那是我们小区里常来的一个老太太。她的样子很脏，每天都推着一辆竹车来小区捡垃圾，每天都有很大的收获。据说，她单靠捡垃圾都成了万元户。有一天，她来捡垃圾的时候带来一个小男孩，大约六七岁，是她的孙子吧？当她在扒垃圾筒的时候，那个小男孩跑到花园去玩。我们小区的花园有个小亭子，和亭子连在一起的是一个长长的藤萝架，两边长满了藤萝，周围是一圈圈冬青围起来的草坪，草坪中有玉兰树什么的。还有专供人乘凉的石桌石凳。这是很多小区里都有的一般设施。但是，那个小男孩进到花园里，眼睛立刻放出奇异的兴奋的光彩。只见他在藤萝架下又蹦又跳，一会蹦到石桌上，一会蹦到石凳上，一会儿又躺在草坪上打滚。正是中午，整个花园就他一个人，他欢快得就像要疯了。突然，他静下来，用手一根一根地抚摸藤萝架的石头柱子。然后，很深情地用双手去搂抱它们，把脸贴上去。

我当时正在打电话，不经意间看到了他。他的脸刚好面对着我，我看见他脏污的小脸上溢满了幸福的笑，露出一排洁白的牙齿。他的笑那么幸福，那么发自内心，那么满足。我被他的笑感动了，被他的满足感动了。真希望他就是这个小区的孩子！这个小区里孩子很多，没有一个像他那么深情地享受这个花园。

于是，我想到我们。我们就生活在小区里，和花园相隔咫尺。可是，我们却跑到圆明园里来寻找美景，羡慕住在湖边的人家。其实，美景无所不在。我们每天都生活在美景里，只是我们忽视了，见怪不怪了，不新鲜了，对司空见惯的美景没感觉了，所以，

我们就不知足,不感觉到幸福。甚至总找那些不幸福不愉快的东西诉说,好像生活就是由痛苦构成的。

人类文化似乎一直伴随着"痛苦情结"。这和耶稣被钉十字架有关。满世界对耶稣顶礼膜拜也和他的受难形象有关。只有受难者才配受到人们的崇拜和敬仰。所以,你到这个世界上来就是受苦的,你应该为你的痛苦感到骄傲。

其实,真正的痛苦是说不出来的。当你真正体会到什么是痛苦,你就再也不想诉说了。能够说,还说明你不那么苦,至少你还能够说出来。所以,辛弃疾说:"而今识尽愁滋味,欲说还休,欲说还休,却道天凉好个秋!"

真正地体验了痛苦的滋味,你就只想去淡化它。只有还不够痛苦的时候,你才会去强调它,让自己离圣人更近一点。否则,你就不够神圣,不够伟大。这是人们潜意识中的东西吧?

这两天发烧,心肌炎,一直在输液,每天早上,我得赶着起床去医院,去晚了我就会一个上午回不来。昨天是输最后一瓶液,可是,护士给我输上液以后就不见了踪影,她太忙了。药液输完了,护士还没有来,我就自己把针头拔出来。正准备离开,护士来了。一看我自己把针头拔出来,她做出一个夸张的痛苦表情,然后,向我道歉,说太忙了。我倒感觉很高兴,心情很好。她问我怎么那么高兴,我说,干吗不高兴?她说她不高兴,是忙得顾不上高兴了。我说,你不抽空高兴一会儿?

生活中没有人不让你高兴。忙也可以高兴,闲也可以高兴。想高兴就会有高兴的事情。比如,回来的路上,我可以买点自己爱吃的早点,又花不了多少钱,有时候一元钱就解决问题了。这和生活在穷困山区的人相比是多么幸福呢?而前段时间,我的散文登在报刊上,这个星期又被《作家文摘》转载,一些朋友看到告诉了我,这也让我高兴。输液后,我的病情缓解了。医生说,只能缓解,说不定还有其他问题,你要到大医院去查查去。而我不管那些"大问题",只为目前症状缓解而特别的高兴。

可是,这都不妨碍我想快乐的心情。我想我还能够享受美味

二、珍重生命

早点，还能够读书思考，还能够写东西打电脑，还能够欣赏美丽景物，和盲人比我还能够看，和聋人比我还能够听，和植物人比我能够感觉。我的邻居由于脑血栓已经成了植物人，而我没有。至少今天没有。我为今天自己还拥有的一切而感到兴奋！当然，生活中我有很多鲜为人知的磨难。可是，我和命运讲和了。为了这仅有的一次生命历程，我要和生活命运和平共处！直到也成了植物人，那就由不得我了。

在我看来，痛苦并不是一件值得荣耀的事情，我不愿意拿去示人，而是淡化它。活着，谁没有痛苦？很平常的事情。如果一味地强调，自怜自怨，那么，生活中就会有数不清的痛苦，能说出口的，不能说出口的，大的小的，远的近的，从前的，现在的，将来的，这些痛苦会把你牢牢地钉在十字架上，或逼你走上绝路。你还怎么自由？还怎么能找到生命中美好的东西？还怎么活下去？

在苦难中寻找幸福是对苦难的反叛。在绝望中寻找希望，是对绝望的反叛。我想做这样的一个逆叛者，不为谁，为自己，为自己绝无仅有的这次生命历程。

安于途中

【连玉基】

从起点到终点，其间的距离就是途中。

感觉生命总是在途中。就像候鸟，总是从南飞到北，又从北飞到南；就像泉水，总是从溪流入河，又从河流入海；就像花草，总是从春长到夏，又从夏长到秋。

自从离开起点以后，生命就总是在途中。在时间与空间的途中。而且不管情愿与不情愿，总是在日渐靠近某个可知的或未知的终点。

有花开就有花谢，有日出总有日落，有起点当有终点，这很自然。每一个具体的生命也都难逃此劫。

但对一些具体的生命而言，似乎出发就是为了抵达，似乎付出就要有结果，于是必经的过程成了漫长的等待，总是在途中成了生命最大的煎熬和无奈。

然而抵达真的那么重要吗？终点真的那么美好吗？等待或许会是一种煎熬，然而生命总是在途中真的就只有无奈吗？

水气抵达天空或许就成了彩虹，蛹到了生命的尽头或许就成了蝴蝶。但并不是所有的抵达和终点都具有终极辉煌。花朵的终点是凋谢，道路的终点是绝境，生命的终点通常是死亡。

即使水气是因为对天空的抵达而成为彩虹，即使蛹是因为到了生命的尽头才成为蝴蝶，它们也是分别经历了一定的转化和蜕变过程，才各自化水为虹和化蛹为蝶的。是过程成就了它们最终的美。

过程对于任何一个生命体都具有至关重要的不可替代的作用，我们甚至可以说，过程即生命。

二、珍重生命

从某种意义上说，生命确实就是一个个过程的完整体现，或者说是无数生活细节的集结。而终点不过是生命的界限，主要用于寓示生命体的完结，它有可能构成生命的升华，却绝不会是生命的目的。

但是生活，我们往往是在度过，而将最美好的愿望寄予终极。仿佛最美好的风景只在彼岸，而此岸只是一种过渡，是一段抵达某处的旅途，我们对此处的风景因此常常忽视，并习惯于生活总是在别处。

每一个至美的终极愿望当然都必须受到肯定，但是生活并不是只有这些，也不该只有这些。活着，也不能只是追求刹那的辉煌和完成某种使命，或是为了去到某一个地方而赶一段路程。如果生是为了死，就像花朵是为了凋谢才盛开，这样的生命，存在的意义还有多大？

生命不是一次简单的奔赴死亡之约，每一个高品质的生命，或者有高品质愿望的生命，有可能都必须首先做到安于途中。

因为生活并不总是在别处，生命也只有在生命的途中才成其为生命。就像候鸟，只有不停地从南飞到北，又从北飞到南，才构成其一生的迁徙；就像泉水，只有不断地从溪流入河，又从河流入海，才体现其自身的运动。

生命也不完全是为了抵达。就像泉水，并不是非要到达怎样的地方才算完成使命；就像花草，并不是非要到达哪个季节才算实现价值。

生命中绝大部分的风景总是在途中。生命主要是为了经历。就像候鸟，不停地迁徙就是为经历季节和风雨；就像泉水，不息地流动就是为了经历交汇和起伏。

尽管具体的经历总是显得那样琐碎、那样平凡、那样漫长又是那样不胜其烦，但是，恰恰是它们构成了一个个真实的精彩的人生。这是生命最弥足珍贵的状态，每一个安于途中的生命都将尽享人生。

感谢生命
GANXIE SHENGMING

明朗的航行

【王　蒙】

人生好像一只船，世界好像大海。人自身好像是开船的舵手，历史的倾斜与时代的选择好像时而变化着走向的水流与或大或小的风。

人生又像是一条水流，历史就像是融合了许多许多水流的大河。你无法离开大江，但你又发现大江里布下了一些礁石，大江上或有着狂风，江水流着流着会出现急剧的转弯、急剧的下降和攀升，以及歧路和迷宫。

人生又像是一条长路，也许在它快要结束的时候你又发现它其实是那么短。你莫知就里地被抛在了路上。你不可能停下来。于是你蹒跚地走着，你渴望走上坦途，走上峰巅，走进乐园，走进快乐、成功、幸福或者至少是平安的驿站直到理想的家园。然而，你也许终其一生也没有得到一天心安。

人与人的命运是怎样的不同啊。这里所说的命运，既包括主观条件，即你作为一个单独的个体的一切特点，一切认识和态度，也包含生存环境，即包括你所处的时间与空间的坐标，你的有时是无可避免有时则十分偶然的际遇。正像俗话所说的那样，人的能力有大小，人的遭际有偶然，即凭运气的可能，人的地位有高低，人的财富有多寡，人的寿命有长短，人的体格有强弱，人的社会环境与自然环境有优劣、美丑、公正与极不公正之分。人比人气死人，人比人该有多少不平，多少愤懑，多少怨毒和痛苦！

痛苦也罢，怨毒也罢，只要还活着，谁不希望自己的命运能更好些，更更好些呢？谁不愿意知道并且实行自己对于自己的命运的积极影响，乃至把命运之舵掌握在自己的手里呢？

二、珍重生命

有时你又觉得人生像是一个摸彩的游戏，别人常常是幸运者，他们摸到了天生超常的禀赋与资质、优越的家庭背景、天上掉下来的机会以及来自四面八方的援助之手。而你摸到的可能只是才质平庸或怀才不遇、零起点、误解、冤屈和来自四面八方的嫉妒、打击乃至于阴谋和陷害。

作为一个年近七旬的写过点文字也见过点世面的正在老去的人，我能给你们一点忠告，一点经验，一点建议吗？

也许谈不到什么经验和忠告，但我至少可以抱一点希望，一点意愿，我希望有更多的人能生活得更明朗一些。明朗，这是什么意思呢？就是说成就有大小，际遇有顺逆，但能不能生活得更坦然、更清爽、更光明、更健康也更快乐一点？只要一点。

作为写过小说也写过诗的人，我知道各种对于愤怒、忧愁、痛苦、矛盾、疯狂乃至自毁自弃自戕自尽的宣扬与赞美。我熟知"先天下之忧而忧，后天下之乐而乐"、"愤怒出诗人"、"知识分子的使命是批判"、"智慧的痛苦"、"痛苦使人升华"、"我以我血荐轩辕"、"生老病死"、"我不入地狱，谁入地狱"、"地狱未空，誓不成佛"以及"文章憎命达"、"从来才命两相妨"之类的名言。我无意提倡乃至教授廉价的近于白痴式的奉命快乐。我所说的快乐、健康、坦然、清爽与光明，不是简单地做到如老子所说的"复归于婴儿"，而是另一种超越，另一种飞跃，另一种人生境界：是承担一切忧患与痛苦之后的清明；是历尽或是遭遇一切坎坷和艰险的踏实；是不仅仅能够咀嚼而且能够消化的对于一切人生苦难的承受与面对一切人生困厄的自信；是把一切责任一切使命一切批判和奋斗视为日常生活的平常平淡平凡；是九死而未悔、百折而不挠的视险如归，赴难如归，水里火里如履平地；是背得起十字架也放得下自怨自艾自恋自怜的怪圈的大气；是不单单拥有智慧的煎熬和困惑的痛苦，而且拥有智慧的澄澈与分明的欢喜，从而更包容更深了一层的智慧；是大雅若俗大洋若土大不凡如常人，从而与一切浮躁，与一切大言轰轰乃至欺世盗名，与一切神经兮兮的自私、小气的装腔作势远离开来。

感谢生命
GANXIE SHENGMING

驾驶着你的人生之船,做一次明朗的航行吧。

驾驶着你的人生之船,使你的航行更加明朗一些吧。

让智慧和光明,让光明的智慧与智慧的光明永远陪伴着人的生活吧。

了解生命真谛的人,可以使短促的生命延长。

——爵塞罗

生命的意义在于付出,在于给予,而不在于接受,也不在于索取。

——巴 金

ER ZHENZHONG SHENGMING

二、珍重生命

生命就是奇迹

【周怡倩】

安迪是一家很大银行的副总裁，性格内向自负，深爱自己的漂亮妻子；其妻子却与她的高尔夫球教练通奸并扬言要和安迪离婚。他们发生争执的当晚，他的妻子和情夫在寓所被双双打死，凶杀现场留有安迪的车痕脚印和指纹，而他私人所持有的那把手枪也不翼而飞无从验证。于是，安迪因杀人罪名成立被判无期徒刑关入鲨堡监狱。

刚入狱的那段时间，安迪不和任何人交谈，没有任何朋友，只是通过狱犯中一个专门从外面买东西带进来做交易的人瑞德买了一把6厘米长的小石锤，靠打磨石像来消耗时间打发单调的监狱生活。可是，苦难并没有就此轻易放过他，狱中搞同性恋的"三姐妹"常常围攻殴打强暴他，他在一次次的奋起反抗中几乎痛不欲生。

直到一个偶然的机会，他利用自己的金融知识帮监狱里的大队长，不交一分税就领到了一笔35000美金的遗产，他的生存状况才开始一点点得到改善。于是，他开始帮监狱里所有的工作人员申报税收，为他们所有的理财问题提供免费的咨询服务，甚至包括狱长。

鲨堡监狱率先改革，推行外役政策，让组织起来的犯人到社会上接工程做，修路造房服务民众，而狱长从中收取了大笔大笔的贿赂。安迪被要求帮狱长把这些见不得光的黑钱洗干净，他利用漏洞制造了一个子虚乌有的人，帮他办妥名字、身份证、驾驶证、社会保障号码，把所有的钱都存入他的银行账号里，这样即使当局追查受贿一事，也与狱长毫无关系。与此同时，安迪从每

周一信发展为每周两信不间断地写了6年,向高层申请拨款改建扩充图书馆,终于得到许可。鲨堡监狱的犯人至此有了更丰富的业余生活,可以看更多的书,还可以听流行音乐,甚至还有人在安迪的帮助下考取了自学文凭,原本已经成为体制化奴隶的犯人在安迪的感染下,又重新燃起了生活的希望和激情。

希望是件危险的事,瑞德提醒安迪,安迪坚定地回答,希望永远都是美好的。

就在安迪入狱19年后,鲨堡新进来一批犯人,其中有个年轻的小伙子叫汤米。汤米是个惯偷,手段不高,几乎呆过所有的监狱,但他活泼热情,能说会道,很讨人喜欢。一字不识的他请安迪帮他辅导功课准备参加自学考试,安迪答应了。当汤米得知安迪就是那个谋杀妻子和情夫轰动一时的银行家时,他说出了一个惊人的秘密。

原来汤米在别的监狱关押时,同屋是个精神容易紧张的盗窃犯,他自己承认说他杀过人,只是因为看对方不顺眼,就跟踪他回家把他杀了,当时看见那人身边还躺着个女人就顺手也一并杀掉。没想到那两个正是安迪的妻子和情夫,于是这个杀人的罪名阴差阳错地让安迪顶了,而他却顺利地逍遥法外。

瑞德和其他犯人都为安迪真正的清白和忍受了这么多年的屈辱感到震惊,而安迪似乎又看到了新生的希望,他急不可待地去找了狱长,把汤米告诉的情况说了出来,想申请此案得到重审。贪婪自私的狱长怎么会把知悉他一切受贿情况的安迪释放出狱呢,连一点可能都没有!他拒绝了安迪的要求,让他单独关两个月禁闭,并制造了越狱的假象设计打死了汤米,彻底绝了安迪的希望。

从禁闭室出来以后的安迪看上去也恢复了原样,仍然听话地帮狱长洗钱。一个电闪雷鸣风雨交加的夜晚,安迪像往常一样把做好的账本在狱长的监视下放回了保险箱,然后回到自己的单人牢房。可是,第二天早上点名的时候,安迪不见了,没有人知道他是怎么从这间小小的封闭的牢房里消失的。

大发雷霆的狱长亲自到安迪的牢房检视,仍然一无所获,愤

二、珍重生命

怒中他随手抓起一个安迪打磨的小石像朝四周乱扔,有一颗石子打中了挂在墙上的一幅明星海报,海报破了一个洞,石子却没有落地。狱长撕开了海报,所有人都看见海报后是一个通向狱外的洞。原来从入狱的第一年开始,安迪就用那把只有6厘米长的石锤天天在墙上打洞,把挖下来的石灰装在裤子口袋里,第二天放风时通过裤管倾倒在外面。他用大幅的女明星海报遮住所挖的洞,把小石锤藏在厚厚的《圣经》里,躲过了一次又一次的牢房突击搜查。持之以恒地干了整整19年,他成功了。

更绝的是,安迪用一套完备的证件从银行提走了那个他一度为狱长假造出来的人的所有存款,他不但顺利有了新的身份而且成了富翁,在太平洋的一个小岛上开了家旅馆买了条小船,和他当年在狱中所憧憬的一样。同时,他把偷换出来的证明狱长受贿的材料寄到了报社和有关部门,迫使作恶多端的狱长畏罪自杀。正是这种即使在黑暗和苦难中也不放弃希望的力量,使安迪最终靠自己的努力赢得了自由和美好的生活。

《刺激1995》(又名《肖申克的救赎》),是一个关于智慧和毅力的神奇故事,让所有在逆境和困境中绝望的心得到抚慰和激励,重新树立希望和信心。

人的一生中会有很多理想,短的叫念头,长的叫志向,坏的叫野心,好的叫愿望。正是因为有了这些理想的存在,大部分人才能容忍现实生活的平庸,并不断努力改善。可是,当挫折和苦难接踵而来,生命被迫以最残酷的面目出现,又有多少人仍能坚持住当初的理想和希望?也许一年两年可以,那么五年十年的屈辱和痛苦又能不能承受呢?从妥协、认命到习以为常、熟视无睹,人一旦放弃生命的原则,逆来顺受的麻木就会吞噬人骨子里的尊严。

生命就是奇迹,永远都不要放弃希望,哪怕光亮渺小如豆,我们都要坚持举着它,即使烛火灼伤了皮肤,我们也不能失手,否则我们将永在黑暗之中。

感谢生命
GANXIE SHENGMING

欣赏生命

【赵泽华】

　　思考生命是从认识死亡开始的。
　　最初见到死亡，我还是个没有经历过痛苦的天真的小女孩。
　　一天，正在外祖父种满花草的院子里玩"扮家家酒"的游戏。我的小辫上插了几朵蓝紫色的喇叭花，在忙着给自己准备午餐——将泥土裹在葡萄叶子里做"饺子"。
　　忽然，一阵惊天动地的哭声和悲怆的乐声传来，我愣了一下，飞快地跑出院子。一队长长的送葬队伍正缓缓从门前经过。小驴车嘎啦啦轧过石子路，车上停放着一口黑漆棺材，棺材顶部和四周堆放着素洁的花圈和用金银锡箔糊成的纸人纸马，还有一座精巧玲珑的纸房子和一架纺车。后面跟着一大群身穿白粗麻布孝袍的男人女人和孩子，他们脚蹬白鞋，头戴孝帽，腰间系着宽宽的白带子，女人们用手帕蒙住脸，唱歌似的长一声短一声地哭泣。
　　我没有像其他小孩子那样追着队伍又喊又跳，就那么呆呆地站在路边，头上还插着几朵蓝色的喇叭花。这事过去很久，我都不能够忘记，那乐声里所诉说的生命的秘密和悲凉，是那么深那么痛地开启了我小小的心灵。
　　以后我长大。在20多年的生命里，先后亲眼目睹了外祖父、外祖母和母亲的死亡。他们三人是我最挚爱的亲人：母亲给了我生命，而外祖父、外祖母抚养了我。
　　他们都曾在病痛中挣扎良久，然后默默离去，没有留下一句话。但他们今生所给予我的呵护和爱是那么久远地深植在我的生命中。十几年过去了，留在我心底的依然是一份抹不去的痛楚。
　　19岁，在一场车祸中，我也经历了死亡，曾在生与死织成的

二、珍重生命

暗夜里挣扎了7天7夜。当时医生告诉唯一守候在我身边的弟弟说我随时可能死去。17岁的弟弟不知如何准备后事，他只是哭只是不相信，不吃不睡一直守在我床前。

活过来以后才明白：死亡就是对这个世界毫无感知，没有爱没有恨没有快乐，当然也没有痛苦。由此也才彻悟：那爱那欢乐，连同痛苦也都是如此珍贵，因为它标志生命的存在。

后来，我做了母亲。第一次在产院的育婴室门口看到那么多千姿百态的小生命。那些天使一样的婴儿，有的在安详地熟睡，有的挥舞粉嫩的小拳头大哭，好像在抗议没有经过他同意就把他带到这个世界上来。

站在那里我禁不住泪水盈盈：这些生动可爱的小生命不同于死亡带给我的，他们在我内心深处激起一种真正圣洁美丽的感觉。我又开始问自己那个久已困扰的问题：生命是什么？然后我对自己说：生命，就是从出生走向死亡的过程，这一过程有不同的量和质。

随着阅历和经历的增加，那种对于未知死亡的恐惧变得淡薄了，我已知道那是必然，死神同每一个人签约，没有人可以违约。但结局一样，过程却可以截然不同。我想要说的是，由于我对生命的爱以及对生命越来越接近本质的认识，我的生命会变得单纯明净。在学会奋斗的同时，我也得到了享受和欣赏生命的自然和美丽，而这些，多半与利欲和物欲无关，没有利欲和物欲的参与，我也照样获得许多快乐。

我喜欢秋夜，静听窗外风旋落叶的声音和秋虫的低吟，似乎听一份幽怨，又听一份安然。喜欢雪后初晴洁白的路和屋顶，喜欢听屋檐下雪水融化，滴在松软的泥土里。喜欢清晨一两声婉转悦耳的鸟鸣，好像整个世界都被唤醒并且变得清新。

喜欢贝多芬的《命运交响曲》，也同样喜欢《梁祝》小提琴协奏曲中那份美丽的忧伤。喜欢骑单车从高坡上飞快地下滑，让清爽的风柔柔掠过面颊将我黑发向后高高扬起。尤其喜欢在窗外无声无息飘落细雨的时候，那细致晶莹的雨帘给我一种可以遮蔽的

感谢生命

宁静和安全感,只开一盏台灯,让金黄的光晕暖暖地罩着我。再放下白色纱窗帘,拥被读一本书,那一刻真觉得做神仙的快乐也不过如此。

喜欢和爱人分饮一小杯红葡萄酒,喜欢把细长的手指插进他浓密的黑发,感受他的温柔和爱意,喜欢和他在寒冷的冬夜里静静相对,在卧室的书桌前,他读外文我读诗。夜深了,我会起身为自己也为爱人加衣,再端来一碟巧克力夹心饼,一杯清香的热茶。彼此相视一笑,那瞬间的美丽便是永恒了。

我并不在意世俗的名利和女人的虚荣,我只把握住实实在在的生活。

让我告诉你:拥有并懂得珍惜,这就是快乐美丽的人生了。

生命是一支越燃越亮的蜡烛,是一份来自上帝的礼物,是一笔留给后代的遗产。

——怀特曼

二、珍重生命

365颗幸运星

【百 洋】

在医院门诊折腾了小半天，最后躺在了住院部的病床上。什么病？医生没说明，她只说是肺病，需要打针，吃药，待观察……最后这三个字一字重千钧，绝非好兆头。再看看妻子强装笑颜，明显做作的表情，一日三餐清一色高档餐饮的架势，心中又明白了几分。

我所住的病房里，算上我只有四位病人，两位年近古稀的老人，一个十二三岁的男孩。我多次对两位老人进行过"火力观察"，打探他们患的什么病，我患的是什么病。精于世故的老人们，总是出言谨慎。"肺病，医生说没大事，住几天就出院，没大事！"一个说。"你年轻体壮，治一治很快就会好，把心放到肚子里！"另一个补充说。

我只好把目标锁定在那个男孩身上，主动与他玩游戏，给他讲童话，渐渐地，我们成了形影不离的朋友。一天，两位老人去门诊复查，孩子的母亲上街买东西，病房内只剩下我和男孩。

"小弟弟，能告诉我你和两位老爷爷，还有我，得的是什么病吗？"我把他搂在怀里。"老爷爷和妈妈都说不让告诉你，怕你挺不住，怕你会伤心！"男孩忽闪着大眼睛欲盖弥彰。我把一支精致的圆珠笔送给他，很义气的男孩接过笔，关上门，才伏在我耳边说："咱们得的都是癌症，医生说得好长时间才能治好呢！"

不幸终于得到了证实，天塌一般的感觉溢满我的心头。在那些灰色的日子里，我的心情坏到了极点，不仅动辄对护理我的妻子大发雷霆，而且不配合治疗，意志坚定地要求出院。一天中午，走廊里突然传来男孩的哭声，他的母亲正在斥责他："告诉你多

感谢生命

少遍了,为什么把事情告诉叔叔?怎么这么不听话?"我奔过去,把男孩守护在胸前,男孩把我搂得紧紧的。此时我才意识到,自己恶劣的情绪给男孩带来了多么大的伤害。此后,我的心情逐渐变得爽朗起来。

在不到一个月的时间里,病房里的两位老人相继"竖着进来,横着出去"了。每当一位老人闭上会睁开的眼睛时,我都会陷入巨大的悲伤与恐惧之中:下一个轮到的会不会是我?可男孩却很乐观。男孩不哭,可他充满童真的眸子里,分明闪烁着晶莹的泪花。可怜的孩子,死神也正在一步步向你逼近,你还小,你不懂啊!傍晚,我与男孩手牵手在林中散步,他忽然把那支精致的圆珠笔还给我说:"叔叔,我再也没有机会去上学了,这笔我再也用不上了!"我心中一惊,原来,男孩什么都知道。可他幼小的年纪却这么坚强,这样笑傲生死,这对我的触动极大。那次散步后,男孩开始拒绝外出散步,拒绝与我玩游戏,一有空就满腹心事地坐在床上一心一意地叠着纸工。

男孩走了,脸上没有痛苦。他的母亲在清理遗物时,发现了那只装满五颜六色幸运星的玻璃瓶,里面留有一张纸条。上面是男孩歪歪扭扭的字迹:"叔叔,我的心愿实现了,我把叠好的365颗幸运星送给你,希望你天天有个好心情。"幸运星果然给我带来了幸运,半个月后,我康复出院。原来是医院误诊,我患的只是肺结核。

我婉拒了友人主张我状告医院误诊的建议。我说我应当感谢误诊给我营造了这次难得的机遇。在生与死的考验面前,一个弱小的男孩以自己乐观向上、坦然面对人生的精神,教会了我怎样面对生死,热爱生活,善待人生。

三、活在珍贵的人间

SAN HUOZAI ZHENGUI DE RENJIAN

我从不把自己当成残疾人 / 乙武洋匡
伟大的日子 / 海伦·凯勒
从丑小鸭到白天鹅 / 阿　兰
我曾是智障者 / 弗雷德·爱泼斯坦
苦难本是一条狗 / 金世彬
山路弯弯 / 谷　声
活在珍贵的人间 / 安　恬

感谢生命
GANXIE SHENGMING

我从不把自己当成残疾人

【乙武洋匡】

早稻田大学是日本最著名的高等学府之一，能进入这所大学是很幸运的。可是，你能想象一个没有四肢的人考进了这所大学吗？日本残疾青年乙武洋匡就做到了。他不但能在早稻田大学政治经济系读书，还是学校多项活动的积极参加者。他用残臂和脸颊夹着笔写字作画，他还去跑步、游泳、爬山、打球、拍电影，使自己的生活丰富多彩。

他的成长远远超出了一般人的想象，这全有赖于父母和老师教给他的一种做人态度：我要像普通人一样生活，残疾只是我的生理特征。

沉重的门

我的父母为我的上学，可谓费尽心机。公立学校原则上不接收残疾儿童入学，残疾儿童就要上养护学校，这是理所当然的事。但是，养护学校的教育与普通教育不同，那是一种特殊教育，因此，我的父母很不情愿。他们一直存有让自己的孩子接受普通教育的愿望。

可是，这一愿望却不是那么容易实现的。于是只好把希望寄托在私立学校。但联系来联系去，一切努力均化作泡影。难道说我要接受普通教育的愿望是异想天开吗？真是天无绝人之路，有一天我家收到一张明信片，是《入学体检通知书》，父母大喜过望，因为谁也想不到我会轻易地就能进入普通学校就学，何况这张《入学体检通知书》是一所已拒绝过我的公立学校发来的。出乎

三、活在珍贵的人间

意料的是,那所学校的人竟说不知道我是一个重残疾儿童。父母不会轻易放弃希望,好说歹说,校方也许被说动了,便说先让我到学校去面试一下。

入学检查的情形,就像逛动物园。朝气蓬勃的孩子们,在狭窄的过道跑来跑去。有些孩子则对陌生的环境感到惧怕,哭闹声此起彼伏。而我,坐在轮椅上,很有礼貌地在人丛中穿来穿去,医生竟对我称赞有加。母亲看到我像模像样的神态,更坚定了我可以在普通学校接受教育的信心。

所有的检查全部结束以后,母亲带我来到校长室。母亲的心情可想而知,该是多么紧张。当时的我,自然没有谨小慎微的自制力,但我却为此时此地的紧张气氛所感染,小心翼翼地尾随在母亲身后。校长给我的第一印象是温和可亲。母亲与校长谈话,我听不懂,自然感到无所事事;校长呢,则时不时地向我微微一笑。不知过了多长时间,我看到校长把眼睛眯成一条缝,母亲那原本僵硬的脸慢慢地变得轻松起来,而且充满一种欢乐的神情。

回到家,母亲迫不及待地向父亲报告:"哎,我说,这孩子可以上普通学校了。"然而我们的喜悦,并没有能持续多长的时间。当时,校长确实是同意了,教育委员会却认为让重残疾儿童接受普通教育,至今未有先例。

我走向接受普通教育的道路刚迈出几步,又不得不回到起点。可是,父母并没有灰心丧气,他们决定不惜一切代价,非要把我送进这所学校不可。

父母前去找教育委员会的人进一步交涉。委员会的人果真是对我的能力表示怀疑。母亲便把我带来,口气中带着一种骄傲:"真的,这孩子什么都会做。"

我明白现在到了决定我命运的时候了。我心中有了一种冲动,一种炫耀的冲动。我侧头把铅笔夹在脸和残臂之间,一笔一画地写字;我把盘子中的刀叉交叉起来,利用机械的原理,靠残臂的平衡用力,从盘子中吃饭;我把剪刀的一边衔在口中,身体呈L型,用臀部和残腿的交互动作,自己一步一步挪动……

感谢生命
GANXIE SHENGMING

我每做一个动作,就会听到声声惊叹。我知道我完全把教育委员会的人征服了。他们目不转睛地看着我,似乎忘记了一切。

就这样,凭着父母的充满无限爱意的韧劲,再加上我自己的努力,我终于得到了用贺小学的入学许可。

恩师高木

看了入学典礼上的同学合影,我的心头就情不自禁地掠过一丝苦笑。站在我旁边的是一个女孩子,她使劲地向后仰着身子,脸上的肌肉很不自然地痉挛着。我非常明白她为什么会有这种神态。

我明白由于我的存在,周围的人无不感到慌乱和麻烦。

其中也有我的老师,尤其感到苦恼的是高木老师。高木老师是我一年级到四年级的班主任,是一位具有丰富教学经验的年长老师。尽管具有丰富的教学经验,他却从未教过像我这样的无手无足的学生。他与我无论做什么,对于他来说都是"第一次"。我觉得,我让高木老师感到苦恼的首先是班里的同学见到我的反应。

"他为什么没有手?"

"他为什么乘坐轮椅?"

有的同学还小心翼翼地过来触摸我的残臂。高木老师不知如何回答学生的疑问,我发现他的脸上竟冒出丝丝汗水。这类问题难住了高木老师,对于我来说却早就习以为常。我知道,这类问题的答案是我与班里的同学成为朋友的桥梁。"我在妈妈肚子里的时候生过一场病……"我总是这样向同学们反复说明。

就这样,我化解了同学们对我的疑惑。过了一段时期,班里再也没有人问我为什么没有手和脚了,高木老师也感到松了一口气,但谁也没想到由这件事又引出了另外的问题。

高木老师是一位对学生要求非常严格的老师,自己的班里有了我这样一位残疾学生,怎么办?他认为如果别的同学时时处处帮助我,对我并没有好处。他从一开始就这样认为。但他又不明确地对我和同学们讲,而是把这种意识压抑在心底,因为同学们

三、活在珍贵的人间

的所作所为——对一位同学的帮助——本质上是一种美好的行为。高木老师不能干涉同学们帮助我，但他又实在担心同学会越来越多，特别是一些女同学，她们与生俱来的喜欢体贴照料他人的天性，会让我失去自理能力，完全依赖于他人。

高木老师非常苦恼。他想：大家都来帮助乙武，在理解乙武的同时班内会形成一种团结互助的好风气，这是让人高兴的事。既然如此，就没有必要也没有理由阻止同学们帮助乙武，如果强行阻止，说不定还会引起同学们的抗议。可是，如果同学们对乙武的任何事情都给予帮助的话，乙武会不会滋生一种不良的性格——"我等着不干，过一会儿就会有人来帮助我"的惰性呢？

高木老师经过了一番思想斗争，最后向全班同学摊牌："对于乙武来说，他自己能干的事尽量让他自己干；他自己干不了的事，我们再去帮助他。"同学们听了高木老师的话，心里老大不高兴，小嘴噘得老高。这是小学一年级学生啊！但老师的话必须得听。"是——"同学们齐声回答。从此以后，主动前来帮助我的同学一个也没有了。

几天以后，让高木老师苦恼的事又发生了。班上的同学每人有一个橱柜，都放在教室的后面。橱柜里有"算术箱"，存放尺子和小弹子什么的；还有"工具箱"，存放糨糊、剪刀什么的。在上课时如果需要什么，随时可从橱柜中取。这样的事，我应该自己做。我的动作非常慢，老师说让取什么，同学们便一齐快捷地去取，我不能与同学们一起动作，要等到同学们回来以后才能动身。我必须用屁股和残肢一步一挪，在一条条腿之间挪动身体。如果与同学们一起簇拥着走，那是相当危险的事，我以为是一种近乎自杀的行为。我起身晚，而且到了橱前，打开箱子盖，从里边取工具，更是颇费周折，之后还要再盖上箱子盖。这一系列动作，对于当时的我来说，需要花费相当多的时间，说得夸张一点儿，真比登天还难。

那一天，可以说我与工具箱进行的是一场殊死搏斗。要在以前，说不定哪位同学就会来帮我，可那一天没有人问我需要不需要

帮助，因为前一天高木老师刚对大家说了我能干的事尽量让我自己干。同学们看到我取工具的样子，尽管不忍心，但谁也不主动上前来帮忙。

课接着上，我仍然没能取出工具。我尽量探出身子，却怎么也取不出来，渐渐地鼻子发酸，我终于哭了起来。这是我上学以来的第一次流泪。我感到了一种前所未有的羞愧，更有一种可怕的孤独感强烈地撞击着我的心。

高木老师听到我的哭声，大吃一惊，急忙跑过来安慰我：

"怎么了？你自己不是已经打开箱子盖了吗？再加一把劲儿！"

我听了老师的话，心情安定了许多，同时又感到似乎受到了莫大的委屈，不由得哇的一声大哭起来。

高木老师终于明白我不能与别的同学一样快速而方便地取出工具。他在想：乙武这孩子接受老师的吩咐，尽管知道自己要完成老师的吩咐是极为困难的，却没有任何不情愿。但他与别的孩子终究是不一样的，正常孩子能做的事，有些他是做不来的。而且，即使他能与别的孩子做同样的事，但在做这件事的时候，别的孩子也不可能一直等着他。在这种时候，如果换一种方式给予他一定的帮助，对他是会有好处的。

于是，高木老师想出了一个办法。他又专门为我设置了一个橱柜，加上原来的橱柜，工具箱和算术箱中的东西可以分别放到两个橱柜中了。这样一来，我就用不着一个一个地开箱盖了，可以直接从橱中取东西，既方便又快捷。

高木老师就是这样想了一招又一招，一直在为我能有正常学生那样的学校生活而操心挂念。

父母的温暖

父亲三十三岁结婚，三十五岁的时候有了我。中年得子，少了几分慌乱，多了几分沉着，而且不再时时处处炫耀威严。他曾经对我说："你没有兄弟姐妹，我也不能娇惯你，所以我既要做你的父亲，又要做你的兄弟。"父亲、兄弟这两个角色，他都扮演

三、活在珍贵的人间

得非常出色,一点儿也看不出"表演"的痕迹。

父亲对我采取这样的态度,使我们的父子关系极为融洽。

我的名字"洋匡"也是父亲给起的。据他解释:洋者,太平洋也;匡,匡救世界也。他希望我有一颗像太平洋一样宽阔的心,有匡救世界的凌云壮志。光有字面上的意义还不行,一向不计屑小的父亲,这次竟搬来大词典仔仔细细查对笔画,最后得出结论:"洋匡"的笔画数,预示着拥有这个名字的人将会得到无数人给予的深挚的爱。

能否以太平洋般宽阔的心匡救世界,我没有信心,但我确实得到了无数人的深挚的爱。我喜欢我的名字,我为拥有这个名字而自豪。

要写母亲,不能不写她陪我上学的事。我刚上小学的时候,必须有人陪伴,母亲就充当了陪伴人的角色。去学校,她跟我一起;我上课,她就在教室前的走廊里等候;放学了,她再陪我一起回家。

高木老师说:"残疾学生的家长总是对学校要求这要求那,可是乙武的母亲从不这样。她非常尊重学校的决定,遇事特别好商量。"

学校规定不能在校园里坐轮椅,老师事前与母亲商量,母亲只说了一句话:"我们听老师的。"她对老师的教育方法从不妄加评说。

母亲不仅对老师特别尊重,就是对我也不过多干涉。入学当初,小朋友们常常问我为什么没有手脚,还时不时地触摸我残肢的断面。有的孩子还故意不穿袖子,一摇一摆,模仿我的样子戏弄我。老师有些担心,生怕母亲会怪罪学校,可母亲一笑置之,说:"这是孩子们之间的事,大人没必要管,让他自己解决就行了。"老师对母亲的宽宏大量深感钦佩。

一般情况下,为人父母往往过于呵护自己身有残疾的孩子,我的父母却不这样,不但敢于放任儿子离家,而且还趁此机会外出旅游。他们为什么会这样?就是因为他们没有把儿子当成残疾

感谢生命
GANXIE SHENGMING

人。

我在父母的养育下，自四五岁懂事起一直到快二十岁，从未意识到自己是一个残疾人，因此也就从未因自己的残疾而苦恼过。在任何时候，我都没有听父母说过要我正视现实、克服残疾之类安慰、鼓励的话，也许他们觉得这样的安慰或鼓励对于我没有什么用处。不过我认为，之所以对我没有用处，就是因为他们从不说这类话。

常常听人们说"残疾能塑造人的个性"，我以为这种说法言过其实，至少我不敢当。我小的时候是把我的残疾当成一种"特长"，现在我又认为我的残疾是我的身体的一个"特征"。世界上有胖人，也有瘦人；有个头高的人，也有个头矮的人；有黑人，也有白人……同理，有健全人，也有残疾人。一个人没有手，没有脚，身体残疾，也就没什么可奇怪的了。只要把残疾当成自己身体的特征，你还有什么可苦恼的呢？

使我获得这一教益的是我的父母。他们让我来到这个世界上，我感谢他们；他们养育我直到现在，我感谢他们。

患难困苦，是磨炼人格之最高学校。
——梁启超

三、活在珍贵的人间

伟大的日子

【海伦·凯勒】

在我的记忆中，我平生最重要的日子，是我的老师安妮·沙莉文来到我身边的那天。这一天联系着我两种截然不同的生活。每想到这一点，我的心里便充满了神奇之感。那是1887年3月3日，距离我满7岁还有3个月。

在那个重要的日子的下午，我一声不响地站在大门口，我在等待。我从妈妈的手和屋里匆忙来往的人们，模糊地感到某种不寻常的事情就要发生。因此我来到门口，在台阶上等待着。午后的阳光穿过覆盖在门廊上的金银花，落在我仰着的脸上。我的指头几乎不自觉地流连在熟悉的树叶和花朵之间。那花似乎是为了迎接南方春天的阳光才开放的。我不知道未来给我准备了什么奇迹和意外。几个星期以来，我心里不断地受到愤怒和怨恨的折磨。这场激烈的斗争使我感到一种深沉的倦怠。

你曾在海上遇到过雾么？你好像感到一片可以触摸到的白茫茫的浓雾，把你重重包围了起来。大船正一边测量着水深，一边向岸边紧张焦灼地摸索前进。你的心怦怦地跳着，等待着事情的发生。在我开始受到教育之前，我就像那只船一样。只不过我没有罗盘，没有测深锤，也无法知道海港在哪里。"光明！给我光明！"这是我灵魂里的没有语言的呼号，而就在一小时之后，爱的光明便照耀到了我身上。

我感觉到有脚步向我走来，我以为是妈妈，便向她伸出了手。有个人握住了我的手，把我拉了过去，我被一个人抱住了。这人是来让我看到这个有声有色的世界的，更是来爱我的。

感谢生命
GANXIE SHENGMING

我的老师在到来的第二天便把我引到了她的屋里，给了我一个玩具娃娃。那是柏金斯盲人学校的小盲童们送给我的。衣服也是罗拉·布里奇曼给它缝的。但这些情节我都是后来才知道的。

在我玩了一会儿玩具娃娃之后，沙莉文小姐便在我手心里拼写了 d—o—l—l（玩具娃娃）这个字。我立即对这种指头游戏产生了兴趣，模仿起来。最后我胜利了，我正确地写出了那几个字母。我由于孩子气的快乐和骄傲，脸上竟然发起烧来。我跑下楼去找到妈妈，举起手写出了 doll 这个字。我不知道我是在拼写一个字，甚至也不知道有字这种东西存在。我只不过用指头像猴子一样模仿着。在以后的日子里，我以这种我并不理解的方式，学会了很多字，其中有 pin（大头针）、hat（帽子）、cup（杯子），还有几个动词，如 sit（坐）、stand（站）、walk（走）等。到我懂得每一样东西都有一个名字的时候，已是我的老师教了我几个星期之后的事了。

有一天，我正在玩着新的玩具娃娃，沙莉文小姐又把我的大玩具娃娃放到了我衣襟里，然后又拼写了 doll 这个字。她努力要让我懂得这两个东西都可以用 doll 这个字表示。

前不久我们刚在"大口杯"和"水"两个字上纠缠了许久。沙莉文小姐想尽办法教我 m—u—g 是"大口杯"，而 w—a—t—e—r 是"水"。可是，我老是把这两个字弄混。她无可奈何，只好暂时中止这一课，打算以后利用其他机会再来教我。可是，这一回她又一再地教起来，我变得不耐烦了，抓住新的玩具娃娃，用力摔到地上。我感到玩具娃娃摔坏了，碎片落在我的脚上。这时我非常高兴，发了一顿脾气，既不懊悔也不难过。我并不爱那个玩具娃娃。在我生活的那个没有声音没有光明的世界里，本没有什么细致的感受和柔情。我感到老师把碎片扫到壁炉的角落里，心里很满足——我的烦恼的根源被消除了。她给我拿来了帽子，我明白我要到温暖的阳光里去了。这种思想（如果没有字句的感觉也能称为思想的话）使我高兴得手舞足蹈。

我们沿着小路来到井房。井房的金银花香气吸引着我们。有人在汲水，老师把我的手放在龙头下面。当那清凉的水流冲在我

三、活在珍贵的人间

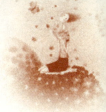

的手上的时候,她在我的另一只手的掌心里写了w—a—t—e—r这个字。她开始写得很慢,后来越写越快。我静静地站着,全部注意力集中到她指头的运动上。我突然朦胧地感到一种被遗忘了的东西——一种恢复过来的思想在震颤。语言的神秘以某种形式对我展示出来。我明白了"水"指的是那种奇妙的、清凉的、从我手上流过的东西。那个活生生的字唤醒了我的灵魂,给了它光明、希望和欢乐,解放了它。当然,障碍还是有的,但是已经可以克服了。

我怀着渴望学习的心情离开了井房。每一个东西都有一个名字,每个名字产生一种新的思想,当我们回到屋里去时,我所摸到的每一件东西都好像有生命在颤动。那是因为我用出现在我心里的那种奇怪的新的视觉"看"到了每一个东西。进门的时候,我想起自己打破了的玩具娃娃。我摸到壁炉边,把碎片捡了起来。我努力把它们拼合到一处,但是没有用。我的眼里噙满了泪水。因为我懂得我干出了一件什么样的事,我第一次感到了悔恨和难过。

那一天我学会了很多字,是些什么字,我已忘了,但是我确实记得其中有妈妈、爸爸、姐妹、老师这些字——是这些字让世界为我开出了花朵,像"阿隆的棍子上开出了花朵"一样。在那个新事频出的日子的晚上,我睡上了自己的小床,重温起那一天的欢乐,恐怕很难找到一个比我更加快乐的孩子。我第一次渴望新的一天的到来。

> 伟大的人物都走过了荒沙大漠才登上光荣的高峰。
> ——巴尔扎克

从丑小鸭到白天鹅

【阿 兰】

　　有一个流传很广的童话故事：鸭妈妈在孵鸭蛋，蛋壳一个接一个地破了，小鸭子争先恐后地站了起来。只有一个特别大的蛋没有破开，鸭妈妈孵了又孵，终于从里面钻出一个又大又丑的小鸭子。因为它长得丑，不讨人喜欢，所以到处挨打受气，小鸭子无法生活，只好逃到了树林里。春天到了，小鸭子来到池塘边，看见三只白天鹅轻盈地浮在水面上。它高兴地向它们游去，希望和这些美丽的伙伴在一起。这时候，它看见自己映在水里的样子，发现自己是一只美丽的白天鹅，感到非常幸福。

　　这个童话故事的作者，就是世界著名的童话作家安徒生。他本人就是由丑小鸭——一个鞋匠的儿子，变为白天鹅——一个为世界儿童文学做出重要贡献的伟大作家。

　　1805年4月2日，安徒生出生在丹麦一个叫欧登塞的小城镇。当时，拿破仑战争打得正激烈。丹麦作为拿破仑的附庸卷入了这场战争。拿破仑战败，丹麦不得不承担战败国的一切后果：经济萧条，通货膨胀，失业人数剧增。安徒生的父亲是个鞋匠，战争期间，生意清淡，无以为业，就跑到拿破仑的军队做了一名雇佣兵。战争结束后，父亲带着一身病回来了，没过多久，就在贫困中死去。

　　父亲去世后，一家人的生活就更加艰难了。家里没有钱给安徒生买衣服，他总是穿得破破烂烂的。富人家的孩子把他当作出气筒，经常打他，羞辱他。他童年生活中没有朋友，常常一个人

三、活在珍贵的人间

跑到树林里去玩儿,和树林里的花儿、草儿、蝴蝶、蚂蚁交上了朋友。有时他实在寂寞了,就到一些老奶奶的身边,听她们讲妖魔鬼怪的故事。生活的重担全压在了母亲的身上。安徒生永远也忘不了这样的情景:母亲赤着双脚,站在冰冷的河水里,替别人洗衣服。寒风吹乱了她的头发,冷水浸透了她的衣裳,实在太冷了,就喝一口米酒,暖和一下身子,又继续劳作。后来,一家人实在熬不下去了,母亲只好改嫁。继父不太喜欢安徒生,认为他是一个包袱。母亲想方设法把安徒生送进学校,让他认识几个字,希望他长大后当个裁缝。

安徒生不想当裁缝。他14岁那年,看了一个从首都哥本哈根来的剧团的演出,对戏剧产生了浓厚的兴趣。1819年9月一个阴沉的早上,安徒生吻别了母亲,带着几十个银毫,只身来到哥本哈根。他凭着对舞台艺术的热爱,在这个举目无亲的大城市里到处闯荡,找一些文艺界的人士毛遂自荐,表示他献身舞台艺术的决心。他去拜访一位全国闻名的女舞蹈家,想学舞蹈,被人家婉言拒绝。他去找剧团的经理,要求当演员,经理回答说观众不会喜欢他这副穷酸相。他又找到音乐学校教授,表示要当歌唱家,这次他被人接受了。但是,不幸马上就降临到了他头上。随着冬季的来临,衣单体弱的安徒生染上了感冒,长时间的剧烈咳嗽损坏了他的声带。当歌唱家的梦想破碎了,他只好离开了音乐学校。

苦恼万分的安徒生,决心走另外一条路,就是从事艺术创作。他写了一个剧本《阿索尔》,引起了一家刊物的兴趣,被选登了。丹麦皇家剧院院长吉林斯认为安徒生是个很有文学气质的青年,就出钱送他到苏洛书院去学习,希望他将来成为一个剧作家。

苏洛书院是一个循规蹈矩、死气沉沉的教育机构。院长梅斯林更是古板得要命,对任何不按学校规矩办事的人都恨之入骨。安徒生抱着作家的理想,踏进这所学校。他不满足于学习刻板的功课,利用一切可以利用的时间写诗、写剧本、写小说,写得头昏眼花,却乐此不疲。梅斯林院长对这个不知天高地厚的穷孩子

感谢生命
GANXIE SHENGMING

横竖看不上眼，认为他没有任何写作的天才，完全是在浪费时间，辜负了送他学习的人的一片好意。安徒生默默承受着梅斯林院长给他的羞辱。发愤努力6年后，他回到哥本哈根。吉林斯仍是他最可信赖的朋友，可在事业上却无法助他一臂之力，他必须要自己去奋斗。

　　1827年，这个22岁的青年，在一间破旧的顶楼上找到了栖身之所，开始了他奔向文学殿堂的奋斗历程。两年后，一部长篇幻想游记《阿格尔岛游记》问世。著名诗人海堡评论这部作品时说："请不要用普通的眼光来读这部书，请把它当作一个即席演奏者的狂想曲来欣赏吧！"同年4月，安徒生的轻喜剧《在尼古拉耶夫塔上的爱情》被皇家剧院接受并进行了公演。在剧场里，安徒生静坐在一个角落里，在观众的喝彩声中，悄悄地流下了成功后喜悦的泪水。

　　一个鞋匠的儿子出现在文坛，引起一班受过高等教育的贵族作家和批评家的惊骇。这些人生活在贵族圈子内，作品缺乏丰富的生活内容，只能在形式和技巧上大做文章，很难引起读者的兴趣。安徒生的成功，对他们造成直接的威胁。他们攻击安徒生的作品"别字连篇"，"不讲修辞、文法"，"安徒生不配当个作家"等。面对暴风雨般的奚落和打击，安徒生自然无力反击，为了能够继续工作下去，他开始了旅途创作生涯。

　　1835年，安徒生30岁时，创作生涯忽然来了一个大转弯。他在给朋友的信中说，他要创作童话，争取未来的一代。1835年，他出版了第一本童话集《讲给孩子们听的故事》，包括《小劳克斯和大劳克斯》、《打火匣》、《豌豆上的公主》、《小意达的花儿》四篇童话。1836年，他出版了第二本童话集。以后的每年圣诞节，他都有新的童话献给孩子们。到他逝世的前两年，他一共写了一百六十多篇童话，其中有许多篇已成为世界各国一代代儿童必读的童话故事。

三、活在珍贵的人间

　　安徒生的童话将读者带入诗的意境，从他那一篇篇优美的童话中读者可以感受到他对儿童、对人类的深沉之爱，对人类进步和世界和平怀有的热烈期望。1875年8月4日，安徒生在哥本哈根去世。然而，他创作的那些童话，却散发着永恒的魅力，给人们带来无尽的享受。

人之遇患难，须平心易气以处之。

——黄宗羲

我曾是智障者

【弗雷德·爱泼斯坦】

至今,那一天还寒气逼人地凸现在我的记忆里:黑板前,我诚惶诚恐地描摹着老师要我写的字;写好退后几步时,同学们的哄笑说明我干的"活儿"糟透了。是什么那么滑稽可笑?我大惑不解。

"弗雷德,"老师训诫道,"你把所有的 e 都写反了!"

当我在里弗代尔小学上到二年级时,情况越来越糟:不管多么努力,我都弄不懂简单的算术——甚至理解 2+2 也有困难。到底出了什么毛病?

上三年级时,父母忧虑日增。"弗雷德会落到什么地步?"母亲苦着脸问。我双亲都是学术界的"高成就者":父亲约瑟夫,毕业于耶鲁大学和耶鲁医学院,是著名的精神病学家;母亲莉莲,是社会工作者,获得硕士学位。哥哥西蒙,上学毫无困难,小弟艾布拉姆,也注定要当一名优等生。

而我,却一直是个拼命干着的"差生"。为了避免上学,我经常装病。到五年级时,虽然很不情愿,我开始自认比别人"笨"。然而,老师赫伯特·默菲马上来纠正这一看法。那天课后,他把我叫到一边,递给我交上去的考卷。我窘迫地低下头:每个答案后面都打着叉。

"我知道你懂这些题目,"他说,"为什么我们不再来一次呢?"他叫我坐下,挨个问考卷上的原题,我一一作答。

三、活在珍贵的人间

"答得对!"他微笑着连连说——脸上的光彩在我看来足以照亮全世界。"我知道你其实懂这些题目!"他边说边把每一道题后都打上勾,把分数改成及格。

默菲先生还启发我利用词语间的联系来帮助记忆。例如,从前我每遇到单词social(社会的),不知怎么总读不出来——它在我眼里就像凶神一般可怕。"试试用这个办法去记,"默菲先生建议,"假设你有个朋友叫Al(艾尔),他会修自行车,有一天,你的自行车坏了,'so see Al(于是去找艾尔)'把车修好。以后你再遇到social,想一想so see Al,就知道怎么读了。"——这法子真灵!

后来,我甚至放学后都舍不得离开默菲老师——他总是那么耐心、那么会鼓励人。"你很聪明,弗雷德,"一次他告诉我,"我相信你的成绩会好起来的!"然而,我仍感觉在某些方面有难以逾越的障碍。

但是在家里,我却从一项别人比不上的技巧里得到了力量:超常的记忆力——我能清楚地说出三四个星期以前全家吃的饭菜和当时的天气。上初中时,我在学校里也露了一次脸——全文背出了林肯的葛底斯堡演讲词。这是怎么回事?为什么我在这种事上这么拿手,而在另外的事上又那么糟糕?我百思不解。

这个阶段给我巨大帮助的是洛蒂姨妈——我母亲的妹妹。她是一位小学教师,善良、耐心,乐于帮助学习困难的孩子。上初中时,每逢周末,我都要蹬两英里的自行车到她家。饭后,她让我在餐桌旁坐下,不厌其烦地辅导我。"不要着急,"不顺利时她总是安慰我,"咱们明天再试,你会通过的!"

我的字写得乱七八糟,因此,洛蒂姨妈常常先检查我上周的作业,如果她不能赞扬我的书写,至少也要赞扬一下书写后面的内容。"那个想法太妙了!"她总是说,"让我们把它再写一遍。"——随后是拥抱、小饼干和姜汁饮料。

慢慢地,我获得了几个小成功:练出了一副好嗓子,被选拔参加学校演出;因为记性好,语文课上背诵诗歌独占鳌头;特别是理、化成绩不错,这使我平生第一次萌生梦想——将来学医,像父亲一样当精神病研究专家。如果这一步实现,还要研究太空,争取飞到月球上去。

上十年级前,我按父母的意见转到了霍尔斯特德中学——一所专门教学习困难的孩子的私立中学。在该校我第一次成为"尖子"学生,被推举为学生会主席和校足球队队长。毕业那年,作为"最佳中学生运动员",还获得一个挺大的奖杯。

霍尔斯特德女校长写了封热情洋溢的推荐信给麻州布兰迪大学沃尔沃姆分校管招生的副校长,我被录取了。但是,该校崇尚竞争,在一大堆学习能力极强的同学中间,我的成绩和自我价值感直线下降。我奋力支撑了两年,最后决定转到纽约大学读三、四年级。

一次重要的有机化学考试后,成绩张榜公布出来——我没有及格,沮丧之极。"只有过这一关才能进医学院!"一位朋友告诉我,他勉励我下决心把这门课攻下来。于是,我请了私人辅导教师,努力使这门课赢得了C+,继续读到毕业。

我知道凭我的成绩进医学院不容易。果然,一个又一个学院都拒绝了。"你不适宜学医,"一所有名的医学院的院长告诉我,"你的学业成绩说明你的情绪不稳定。"他是指我各门课的分数悬殊。但是,我知道自己的情绪稳定,只是在某些学科的学习上有障碍而已。最后,在父母帮助下,我进了纽约医学院。"学习将是十分艰苦的,"父亲警告我,"不过我相信你能成功!"

我热爱这一行。第三年,当进入实习阶段、转到神经外科时,目睹受脉管畸形和恶性肿瘤折磨的病人因外科大夫的医术和关心而康复,我明白自己找到了在生活中的位置。更重要的因素是孩子们——他们的天真、脆弱,以及眼神中对疾病的恐惧和对医生

三、活在珍贵的人间

的期盼，都深深打动了我。于是，在实习后期，我毅然选择了儿童神经外科作为专攻领域。

1963年春，在学院卡内基大厅举行毕业典礼。当我上台领取学位证书时，我看到了母亲和洛蒂姨妈眼中闪动的泪花，以及父亲微笑的脸上露出的骄傲。我一一拥抱他们，在他们的支持下，我成功了。然而，为什么我求学费了比常人多几倍的劲对我来说仍然是个谜。

20年后，我和妻子坐在一位心理学家的办公桌前，研讨我们10岁的女儿艾莱娜的问题。心理学家肯定她的智商很低——与我当年一模一样。当对艾莱娜的全面检测结束后，心理学家告诉我们她有严重的学习障碍——一番话使我茅塞顿开。

他说，每年被检查和确诊为患此症的学龄儿童约占5%~10%，他们的智力在中等以上，但在四个学习阶段——抄写、分析、记忆和口头笔头表达的某一个或某几个阶段有困难。更糟的是，学习障碍问题常常被忽视，也很难确诊，导致许多这样的孩子被误以为懒怠、情绪不稳甚至愚钝。

他的分析恰似一道强光驱散了我童年生活那团迷雾。我告诉妻子："现在我知道什么东西在找艾莱娜的麻烦了——也明白了当年我为什么学得那么吃力。"

那是10年前的事了。今天，教育学家们通过深入研究，在诊断学习障碍和教育孩子怎样弥补方面已变得更有经验，从而使许多这样的孩子能有效地冲破障碍。我女儿艾莱娜目前在西拉丘斯大学读三年级，名列该校定期公布的优等生名册，被认为是难得的学医之才。

岁月荏苒，我与许多帮助我走过崎岖路程的老师和朋友们失去了联系。去年，当我的书《献给时代的礼物》出版时，我特地寄了一本给启蒙恩师赫伯特·默菲——他已经退休，现住北卡罗来纳州。在扉页上我写道：

感谢生命
GANXIE SHENGMING

"献给默菲先生：您是我终生爱戴的老师。我忘不了，当我在里弗代尔小学读书最吃力的时候您怎样以爱心待我。我将永远把您铭记在心。"

逆境使人头脑清醒，明白必须做什么事情；顺境却容易令人得意忘形，偏离冷静的思考和可靠的判断。
——加 图

苦难对于天才是一块垫脚石，对能干的人是一笔财富，对弱者是一个万丈深渊。
——巴尔扎克

三、活在珍贵的人间

苦难本是一条狗

【金世彬】

苦难本是一条狗。生活中，它不经意就向我们扑来。如果我们畏惧、躲避，它就凶残地追着我们不放；如果我们直起身子，挥舞着拳头向它大声吆喝，它就只有夹着尾巴灰溜溜地逃走。

跌倒一万次的人也比她幸运。她从娘胎里出来，就无手无脚，手脚的末端只是圆秃秃的肉球。8岁时，有了思想的她就想到了死。可悲的是，她无法找到死的方法：用头撞墙，由于没有四肢支撑，在碰得几个血泡、摔得一脸模糊后还是安然活着；绝食，又遭到母亲怒骂："8年，我千辛万苦拉扯你8年了……"看着母亲的眼泪，她毅然反省："我要像正常人一样活下去！"

于是，她开始训练拿筷子。她先用一只手臂放在桌子边缘，再用另一只手臂从桌面上将筷子滑过去，然后，两个肉球合在一起。她从用一根筷子开始，再到两根筷子，日复一日，血痕复血痕，9岁那年，她终于吃到了自己用筷子夹起的第一口饭。

学会拿筷子后，她又开始学走路。她将腿直立于地面，努力保持身体的平衡，和地面接触的部位从血痕到血泡，从血泡到厚茧，摔倒爬起，爬起摔倒，血水夹汗水，汗水夹泪水。10岁，她学会了走路。也就在这年，她有了读书的念头。在父母及老师的帮助下，她成了村上小学里的一名编外生。于是，她用胶皮缠在腿上，不论寒暑和风雨，总是早早到校。她用手臂的末端夹笔写字，付出比常人多数十倍的努力，从小学到初中，到自学财务大专。

1988年，她被云南省的一家工厂破格录用为会计，后因回报父母养育之恩返回父母身边。回家后，她自谋出路贩卖水果。如

感谢生命
GANXIE SHENGMING

今，她不仅是远近有名的孝女，而且"贩回"一个高大健康的丈夫，膝下有一对活泼可爱的儿女，一家人温馨、甜蜜，其乐融融。她的名字叫胡春香，她给手脚健全体魄健壮的我们上了生动的一课——只要付出热爱，你就会收获幸福！

美国体育运动史上伟大的长跑选手——格连·康宁罕，在8岁那年曾意外遭遇一场爆炸事故，致使双腿严重受伤，而且腿上没有一块完整的肌肤。医生曾断言他此生再也无法行走。面对黯然神伤的父母，康宁罕没有哭泣，而是大声宣誓："我一定要站起来！"

康宁罕在床上躺了两个月之后，便尝试着下床了。为了不让父母看见伤心，康宁罕总是背着父母，挂着父亲为他做的那两根小拐杖在房间里挪动。钻心的疼痛把他一次次击倒，他跌得遍体鳞伤也毫不在乎，他坚信自己一定可以重新站起来，重新走路奔跑。几个月后，康宁罕的两条伤腿可以慢慢屈伸了。他在心底默默为自己欢呼："我站起来了！我站起来了！"

于是，康宁罕又想起了离家两英里的一个湖泊。他喜欢那儿的蓝天碧水，他喜欢那儿的小伙伴。康宁罕心向湖泊，更加顽强地锻炼着自己。两年后，他凭借自己的坚韧和毅力，走到了湖边。从此，康宁罕又开始练习跑步，他把农场上的牛马作为追逐对象，数年如一日，寒暑不放弃。后来，他的双腿就这样"奇迹"般地强壮了起来。再后来，康宁罕通过不断的挑战，成了美国历史上有名的长跑运动员。康宁罕用他的行动告诉我们：苍天不会虐待生命的热爱者。

是的，只要你拥有对生命的热爱，苦难就永远只是一条落水的狗！

三、活在珍贵的人间

山路弯弯

【谷 声】

读高中的三年，我一直是步行在家与学校之间 40 公里的山路上。40 公里的山路，现在连自己听起来都有些胆怯了，但上高中的第一学期，我就回了 6 次家。第一次出远门，太想家了。大概就是因为这种想家的心情，那几次我一点也没体会出走山路的感觉，自然也没有真正学会走山路。

高考下来，紧张的神经放松了许多，与老师同学们告别后，匆匆捆好铺盖、衣服和复习资料，背着回家等录取通知书去了。这一次不是"想回家"，而是学习告一段落回家休整；不是"轻装"走路，而是"负重"远行。

从前的感觉没有了。走了十几里，就筋疲力尽，举步维艰了。我歇下来，躺在路边，想着长长的山路。什么是山路？山路不就是转不完的弯吗？翻过一条沟壑，就是转了一个向下的弯；越过一道山梁，就是转了一个向上的弯；绕着山根转，围着山腰旋，左一个弯，右一个弯，弯弯相扣。几乎同时我也捕捉到一点走山路的灵感：我是回家去，但我并不去想怎样走到家里，只是如何走过一个个大大小小的"弯"。我盯着前面那棵树，把它看做一个"弯"的终点，咬紧牙关往前走。这是个看得见的"具体"的东西，"近在眼前"，心里总觉得走到那里不会太难，于是就走到了。到了那棵树，又眼盯着前面的山崖口，把它作为另一个"弯"的终点，脑子里一点不想山崖口前头的路，一点也不考虑要给下一段路分配力气，只管拼命往山崖口走。于是就走到了，于是又缩短了一截回家的路……

就这样，一个"弯"一个"弯"地各个击破，太阳落下不久，

感谢生命

我居然就回到了家里。我一下子没有了下个"终点",身体瘫软了,精神崩溃了,再要我走一步路似乎都不可能了。母亲一再埋怨:"半路上有的是人家,怎么就不知道借一宿歇歇脚。"父亲说:"这小子有点拼搏精神!"我从中似乎能听出一种隐隐约约的夸赞。

假如那一天,我想到要去借宿,那么,或许第二天可能还要在外边过一宿;假如我到陌生人的家里去借宿,那么,说不定就会遇到热心人容留我,也很可能相反,碰上另一类人推我出门。但是,我走了,一直走到了家里。我没有感受到别人的温暖,更没有遭遇别人的冷酷无情。

我庆幸那一次的策略,虽然其中掺和着许多的盲目和无意,但我却得到了一种自觉的、可以永久使用的奔向最终目标的思想和行为方式。

我们常说"人生之路",如果人生真是一条路的话,那么它就肯定是一条长长的弯弯相扣的山路;如果你觉得自己已经上路的话,那么你就肯定是负重在身的。每个人都会有自己的长远目标,但是,如果一心想着那个遥远的地方,那么很可能在行程中就会失望,就会泄气,甚至会躺倒不干,半途而废。

路是一步一步走的,日子是一天一天过的,事情是一件一件办的。如果按照"山路原理",把一步路、一天日子、一件事情都看成人生的一个"弯"的话,那么,走一步看一步、过一天算一天、干一件是一件的分段前进的办法就不失为一种智慧。只有下决心走好每一步路,踏踏实实过好每一个日子,拼死拼活干好每一件事情,才配得上有一个远大的奋斗目标,也才能走向那个寄寓自己理想的精神家园。

"千里之行,始于足下",我是一个走惯了山路的人,走在任何路上都有一种走山路的感觉。

活在珍贵的人间

【安 恬】

在黑暗之中，要使自己有利于黑暗，唯一的办法是使自己发光。悲剧不但是哀痛的，而且是光辉的。

——《无梦楼随笔》

这是一位备受肺病折磨的民间思想家，在一次急性肺病发作后，他被锯掉了五根肋骨。如果这个时候，他死掉了，那么顶多也就算一个薄命的才子，可是他偏偏多活了十年（从1955年到1966年）。

这十年，对他来说是一场大劫难。他因胡风案含冤入狱，并在狱中咯血，不断地咯血。后来，当局怕他死在狱中，获准他"保外就医"。病得奄奄一息的他挣扎着回到了绍兴老家。

可怜的是他刚一出狱，便遇上了三年自然灾害。当时他的贫困是难以想象的。150克米，是他一天粮食的定量；一个番薯能使他免受断炊之苦，吃到蔬菜对于他来说已是奢望；有少量的盐和油，甚至一小碗稀粥中放点盐，就算得上一顿有滋有味的午餐。据说他曾把破旧的外衣补补缝缝改为短裤，穿了整整一个夏天之后，又将这条短裤改做毛巾用。

我们从他的札记里时常可以读到"寒衣卖尽"，"早餐阙如"，"写于咯血后"……

若是旁人，早就疯了，自尽或自毁。而他仍死死抱着他的哲学和思想，想靠着这幽光如豆的精神力量活下去，但这些智慧让他一天比一天更清楚，神圣的东西在这绝望的人间本是没有的（最起码在那个年代是没有的）。

感谢生命

GANXJE SHENGMING

他一次次挣扎在死亡的边缘，一次次写信向旧友求助：我很困难，活不下去了，但我还想活……谁都知道，他所需的不过是不多的几张粮票，可是明哲保身的人们都保持沉默，连封安慰的信都不敢给他回。

面对如此寒凉的世态，他却说："过去认为只有睚眦必报和锲而不舍才是为人负责的表现，现在却感到，宽恕和忘记也有意义。"

这一刻的他，已经成了神，因为他像神一样宽恕和悲悯所有在黑暗中挣扎的人性，他像神一样保持了内在的光华。

对于他来说，他早就应该看清楚，人性深处的无情、无奈与无耻；对于他来说，他早就有一万个理由结束酷刑般的生命。可是他仍说：越是经历过苦难，越应当珍惜自己宝贵的生命。苦难越多，生命也越宝贵，越有价值。

他一句句地在札记中写出他要说的话，力透纸背，泪湿双颊，一字一痛，这一切化作他的遗稿《无梦楼随笔》。在他死后二十年，这部遗稿得以结集出版，其文笔才气，让思想界不胜唏嘘。

他的名字叫张中晓。

这位命运坎坷的才子，并不是为了立言传世而著书立说的。他只是怀着不泯的良知书写自己内心的独白，告诉我们这个世界本没有生命的光辉，但是我们可以用灵魂创造出光辉的生命。他之所以能够苦苦撑着生存下来，是因为他相信未来。虽然未来并没有给他任何希望，但正是这一点不灭的信念，不灭的悲悯，照亮了周围的阴霾和苦难。

四、如诗如歌的亲情
SI RUSHI RUGE DE QINQING

芒果的滋味 / 冷　萤
买一张火车票去看母亲（节选）/ 高建群
中校的命令 / 詹姆斯·威伯
雪地里的红棉袄 / 高吉波
爱之清芬 / 方志平
写给儿子 / 琼　儿
隧道 / 康·麦里汉
五岁的出走 / 匡立庆
笨小孩 / 彭海清
最珍贵的废书 / 袁国良
父亲的收藏 / 水　儿
母爱如佛 / 斯　君
一生走不出您浓浓的爱 / 林风谦
六点十分的爱 / 陈　文

芒果的滋味

【冷 蛰】

院子里种着两棵芒果树，枝扶枝、叶护叶地并生着。年年交春的时节，两棵树就都抽出黄澄澄的花穗。大约总是清明前后，碎纷纷的花落尽，光秃秃的枝梗上便结出米粒大的果子。母亲说，那是挂着满树的果子。

在一个轻寒薄如春阳的黄昏，风淡淡的，并不绚丽的晚霞照在斑斑驳驳的红砖墙上，冷冷的苔绿竟染着几分庄严的紫。芒果树的枝叶摇曳，拂在瓦檐上，此唱彼和地低吟着。

"今年的芒果一定又会丰收。"

母亲坐在落地窗前的摇椅上，若有所思地说，语气十分笃定。

"你怎么知道？"父亲取下老花眼镜，放下报纸，抬头向窗外望一眼，淡淡地问。

"我闻到了芒果的香味。"母亲有韵律地摇着摇椅。

"呵，你的鼻子可真尖。"父亲早已回到了报纸上，仿佛只为了使两人的对话不致中断才接腔的。

"可不是？什么味道都逃不过我的鼻子。"

这倒是真的。但是我却忍不住放下报纸，歪着头望着芒果树。

"你别太乐观，今年可不一定像去年……"

"怎么，钧儿，难道我说错了？"

母亲打断我的话，突然刹住摇椅，焦躁地问。

我正不知该怎么回答，却听到父亲咳了一声，见他冲着我直打眼色。

"妈，你没说错啦！"我学着母亲的说法，"两棵树上都正挂着满树果子哩。"

四、如诗如歌的亲情

"我说嘛。"母亲又开始摇,有韵律地摇,脸上带着胜利的微笑,"你那双老花眼呀,算了吧,差得远哩!"

母亲的双眼都患视网膜剥离,交春不久启动的手术,结果失败了。就在她住院的那段期间,连着几场大雨,打掉了黄澄澄的穗花,也打掉了两树的果子。

晚上,母亲就寝以后。

"爸,到时候妈要吃怎么办?"

"小声点,你妈的耳朵跟她的鼻子一样尖。"父亲压着嗓门说,"到时候你不会每天到市场去买一些备着吗?"

道德中最大的秘密是爱。
——雪 莱

家是世界上唯一隐藏人类缺点与失败的地方,它同时隐藏着甜蜜的爱。
——萧伯纳

感谢生命
GANXIE SHENGMING

买一张火车票去看母亲（节选）

【高建群】

我已经有一年多没见母亲了。在母亲的家中，我幸福地生活了一个礼拜。我说我有胆结石，一位江湖医生说，多吃猪蹄，可以稀释胆汁，排泄积石。我这话是随意说的，谁知母亲听了，悄悄地跑到市场，买了5个猪蹄，每天早晨我还睡觉时，母亲就热好一个，我一睁开眼睛，她就将猪蹄端到我跟前。母亲养了许多的花，花盆摆了半个院子。花盆里还长着些朝天椒。我说，这朝天椒如果和青西红柿切在一起，又辣又酸肯定好吃。这句话刚一说完，母亲又不知从哪里弄来几个青西红柿，从此我每顿饭的桌上，都有这么一小碟生菜。

谁言寸草心，报得三春晖。在这一个礼拜中，我收敛自己的种种人生欲望，坐在家里陪着母亲。小城的朋友们听说我回来了，纷纷请我吃饭，我说饶了我吧，我这次回来只有一件事，就是陪母亲。

母亲不识字，记得我曾经在一篇文章中说，等有一天，我有了余暇，我要坐在母亲跟前，将那些世界上最好的书读给她听。我说，那时我读的第一篇小说，也许是普希金的《驿站长》，而此刻，我就这样做了。《驿站长》中那个200年前的俄国人物悲惨的命运，此刻成为这对小城母与子之间的话题。

一个礼拜到了，我得走，世界上还有那么多的人生俗务在等着我，听说我去买票，母亲的神色立即黯淡了下来。她下意识地拽住我的衣角，这一拽，令我想起《西游记》中白龙马眼里含着哀求，用嘴噙住猪八戒衣襟时的情景。我对母亲说，等我的大房子分下以后，她来我那里住，母亲含糊地应了一句。

四、如诗如歌的亲情

我还说，父亲已经去世，脚下纵有千条路，但是没有一条能通向那里，因此我纵然有心，也是无法去探望的；不过母亲还健在，我是会时时记着她，时时探望她的。

"热爱自己的母亲吧，朋友！这是一个失去母亲30年的人在对你说话！"这段话，是一个叫卡里姆的苏联作家在他的《漫长漫长的童年》中说过的话。此刻，在我就要结束这篇短文，在我就要离开小城的时候，这段话像风一样突然飘入我的记忆中。由这句话延伸开去，最后我想说的是，亲爱的读者，如果你也有母亲，那么你不妨抽暇去看一看，世界并不因你离开位置的这段日子而乱了秩序，而你会发现，这段日子你做了一件多么重要的事情。

爱就是充实了的生命，正如盛满酒的酒杯。

——泰戈尔

中校的命令

【詹姆斯·威伯】

我决定加入海军陆战队时，还不满17岁。母亲极力反对我的决定，并说我天生就不是一块当兵的料，劝我不要做当兵的梦。但最终她还是在同意服役的文件上签了字。

在菲律宾服役两年后的一天，我被传唤到中校博伊德的办公室。中校看起来很善良，但我很清楚地意识到此刻中校决不会叫我来打发时光，这是我第一次进中校的办公室。

进门时，中校正在翻阅桌面上的文件。站在他的桌前，我紧张地等他的问话。果真，中校一会儿便停止了他手中的活儿，抬起头仔细地打量着我。然后，中校说："我亲爱的中士，为什么你已经六个月没给你的母亲写信了？"

我的两腿开始发软，有那么久了吗？

"报告长官，我没有什么可写的。"我回答。

中校告诉我，母亲已同美国红十字会取得联系，然后红十字会又把我没给母亲写信的事实报给了我的上司。接着他问："看到那张桌子了吗？"

"是，长官。"

"打开最上面那个抽屉，你可以看到几张纸和一支笔。坐下来，立即给你母亲写点什么。"

"是，长官。"

我完成了一封短信，并再一次站到中校的面前。

"我命令你今后每周至少给你母亲写一封信。明白吗？"

"明白，长官。"

……

四、如诗如歌的亲情

　　这件事大概已过去35年了。母亲已老了，记忆开始下降。在整理她个人物品时，一个雪松箱子吸引了我。在箱底，赫然躺着一捆信，用一条亮丽的红丝带扎着。

　　我解开丝带，发现那捆信竟全是一个人的笔迹：它们就是我在菲律宾服役时被中校命令写的信。

　　那天下午，我在母亲房间的地板上读着每一封内容近乎相同的"亲爱的妈妈，您的儿子此刻在菲律宾给您写信，我在这儿很好，您好吗？……"之类简短的信件。我想象不出这些被强令例行公事的敷衍的话语，为什么在母亲的眼里竟是那么宝贵，并能让母亲如此用心珍藏一生……泪水禁不住顺着脸颊流淌下来。我这才意识到年轻时我是多么不成熟，多么令母亲牵挂……

　　如今，我不再需要一位上司来命令我定期给我所爱的人写信了。然而，对母亲来说，这一课我是学得太迟了。

> 没有无私的、自我牺牲的母爱的帮助，孩子的心灵将是一片荒漠。
> ——英国谚语

雪地里的红棉袄

【高吉波】

一

30年前，我8岁。

母亲不在了，一群孩子挤在父亲的脊梁上，讨吃求穿，日月十分凄惶。

一个好心的媒人看着可怜，说家里没个女人，日子少光彩。

于是，在那个青黄不接的春天，我大哥牵着一头瘦毛驴驮回了我的嫂子。她年长我15岁，嫁来时，驴屁股上绑着两袋玉米，哥说是嫂子用彩礼钱换的。

大约是那年冬天吧，嫂子生了孩子。有一回，大哥趁嫂子不在，悄悄端给我一碗小米粥。嫂子回来，我已舔净了留在嘴角的米粒。嫂子借故支走大哥，说锅里有碗米饭，留给我的，里面掩着两个鸡蛋。

我没吃。

我跑到河里，破冰给侄女洗尿布。

"阿九，你太小，洗不净。"嫂子赶来，抱我到河边。她把我红肿的小手拉到她的怀里暖和，然后摸出两个鸡蛋："还热，吃吧。"

那天，风大，雪大。嫂子穿着红棉袄，在雪地里像一团火焰。

二

20年前，我18岁。

嫂子给我剃个新头，然后背着行李送我到小镇的车站上。

四、如诗如歌的亲情

"阿九,咱家你最有出息,外出读书要学会自己疼自己。"她说。

那天,风大,雪大。隔着车窗,嫂子跑着向我招手。我觉得是一团火焰在雪地里跳跃,尽管她穿的棉袄是蓝色的。

三

现在,我38岁,号称作家。

父亲和大哥已相继随我母亲去了。他们留下的最后一句话都是说给大嫂的:真有来世,我变把椅子,让你坐着歇歇。

到写这篇文字,我与嫂子最末的相见,是去年春节携妻带小回老家去。

那天,风很大,雪很大。透过玻璃窗,我看见嫂子从屋外抱着柴草进来给我烧炕,我觉得雪地里有一团火焰永不熄灭。虽然她穿的棉袄是黑色的。

"阿九,你腰疼是不是熬夜坐的时间太长?"她说,"都这岁数了,还不会自己疼自己。"

我没说话,我盯着嫂子久看,我突然发现她的眼睛已深陷下去,像一眼枯井,而且头发竟也全白。但那一刻我跟30年前一样想:嫂子其实是最美的。

后来,我在日记里写过这样的话:嫂子是弓,我们是箭,弓因箭而弯。

"我们",自然也含着我的侄女,她现在美国攻读博士学位。

爱之清芬

【方志平】

母亲做的甜酒,醉倒了她的孩子们。

每年冬天,母亲总要做好几回甜酒,为家人滋补身体。

母亲做甜酒,十分精细和讲究。原料选用自家种的优质糯米。煮饭时,放水适度,火候到位,煮出的饭粒才不干不稠,粒粒晶莹,胜似珍珠。酒曲是新鲜的。盆子是洁净的,那是种带盖的陶盆,白底染黄的颜色,看起来很舒服。

做甜酒的时候,母亲总是一个人关在房间里静静地操作,不让我们三个孩子搅和。我们一搅和,母亲准头晕。弟弟会用脏兮兮的小手抢糯米饭吃,我会将酒曲捏碎掉到地上去。表现良好的姐姐,一不留神,也会把红色的发卡丢进陶盆里去。母亲只好将我们拒之门外。

我们从门缝里偷看,忙碌着的母亲真美!头发盘得一丝不乱,额头光洁润滑,浆洗过的蓝竹布对襟衫竟颇挺括,腰间系着黑粗布围裙,白色裙带上绣着古朴的花纹,那是她自己绣的。夜晚,她陪我们读书的时候,不是绣花就是做鞋,她的手工作品,没有一件不是精品,人人都说好看。

母亲灵巧的双手,如玉蝶上下飞舞,竟看花了我们的眼。不一会儿工夫,母亲就完成了这项工作,用我们幼时裹过的小花被包好陶盆,小心地把它放进被窝里。晚上,我们就与它抵足而眠。

母亲一再告诫我们:一周之内,一定不要揭开盖子,不然,酒娘子会逃掉,就没甜酒吃了。

我们哪里等得及!不过两三天,每天早上起床之前,趁母亲忙活早餐之机,我们会躲在被窝里,解开小花被,盖儿是不敢打

四、如诗如歌的亲情

开的,只是将鼻子凑到盆盖儿的边沿,努力想嗅出点酒香。清甜的酒香扑鼻的时候,日子已滑到了星期天。

母亲要到镇上办些事。临走前她告诉我们,父亲下午要回家,让我们不要偷吃冷甜酒,留到晚上全家人共享。

父亲在他乡工作,只有在星期天,才偶尔回家一趟。

正巧,祖父母又去姑奶奶家吃喜酒了。

家中,就剩三只猴儿了。禁不起漂亮的甜酒盆的诱惑,我们揭开了盖子,一幅画展现在眼前:细柔的、晶莹的绒毛,覆盖着冰清玉洁的酒酿,如雾笼雪野,中间那个母亲用大拇指按出的酒窝里,饱含着清冽冽、甜津津的米酒。浓郁的酒香扑鼻。

三只饕餮(tāo tiè),大饱口福。第一口咽下去,竟打个冷战,仍然义无反顾。

母亲从镇上回来的时候,看到这样一幅醉酒图:三个孩子在床上东倒西歪,旁边躺着那只用去了大半甜酒的陶盆。

母亲生气了,发誓再也不做甜酒。可过不了几天,她又在后园井边仔细擦洗那只陶盆了。酒香,一准飘在这个星期天。

时光匆遽,母亲的倩影已如飞鸿,飘忽而去。往日酒香,我欲重寻。

真想再偷吃一勺母亲做的甜酒,却是再也不能了。母亲离开我们,已有整整十八年。那一年,我十三岁,是个不谙世事的小姑娘。姐姐也不过十五岁,小弟弟才十岁。

只有那醇厚的母爱、浓酽的亲情,从岁月深处,如一支温馨而邈远的歌,袅袅飘来。

爱之清芬,让我沉醉。

感谢生命
GANXIE SHENGMING

写给儿子

【琼 儿】

宝宝儿：你好！

现在是晚上9点，你已经入睡了。妈妈在电脑前给你写这封信，只是想给你一份特殊的节日礼物，虽然这比不上你的酸奶、你的薯片可口，更比不上你的玩具好玩，但你终将会明白写给你的，是一份深深的爱！

看着你睡觉时露出的甜甜的微笑，妈妈的心满足了！为了你这永远的快乐，妈妈会挺住一切的不幸和磨难。儿子，你不知道，你是妈妈在医院躺了一周才把你留下的。在你之前还有你的哥哥或姐姐，他（她）没有你那么幸运，还没有看到美丽的世界就走了。也许正是你那求生的欲望，你和妈妈一起努力，走过了一天又一天。终于，在那黎明破晓前，你用嘹亮的哭声宣告了你的到来，让不知所措的妈妈好感动，好骄傲！

宝宝儿，你是牵着妈妈的手一天天长大，一天天懂事的。从你四个月开始，你就随妈妈一起上下班，风雨无阻。你要知道，你是普通人家的孩子，妈妈没有更好的经济基础让你待在家里好好地生活。正是因为少了那份享受，你比其他的同龄孩子更坚强，也更懂得爱与被爱，这正是妈妈所欣慰的！也许在以后的生活中你难免会碰到一些世俗的比较，请你一定不要自卑！因为妈妈相信你是聪明的，相信你会用你的智慧去拥有你自己的幸福生活，这将比我们给予你的更真实，更欢乐，更美好！

宝宝儿，妈妈不要求你将来出人头地（虽然我也知道很多名人成才的故事）。平平安安，顺顺利利地学习工作生活是妈妈对你的所盼！现在你最喜欢看奥特曼，整天喊打喊杀的，妈妈不反

四、如诗如歌的亲情

对你看你学,可是妈妈更希望你学会同情和仁慈。这个世界还有很多表里不一的东西,你现在还不懂,但妈妈要让你记住,痛苦总是难免的!摔倒以后还可以再爬起来,就像当初你学走路一样,最终你也会像现在一样,昂首挺胸地迈开你的步伐,走完你的一生。

  宝宝儿,你今年也不小了。妈妈不可能一辈子牵着你的手走。你要用你的双手去保护好你自己和你所爱的人!妈妈的眼睛会永远地注视着你,在你需要妈妈的时候,我会用绵延不尽的爱为你开辟出一片天空,但还得等你去开垦,去播种,去收获!那时,妈妈将坐在树荫下,看着你,欣赏你,幸福地微笑……

  祝福你!我的宝宝儿!

慈母的胳膊是慈爱构成的,孩子睡在里面怎能不甜。

——雨 果

人的嘴唇所能发出的最甜美的字眼,就是"母亲",最美好的呼唤,就是"妈妈"。

——纪伯伦

感谢生命
GANXIE SHENGMING

隧　　道

【康·麦里汉】

列车早不停晚不停偏偏停在隧道里：第一节车厢已经钻出了隧道，而最后一节还没有进去。

列车遇到了意外，乘客们都很着急，只有坐在最后一节车厢里的一位旅客不但不生气，反而感到高兴。这倒不是因为他那节车厢比别的车厢明亮，而是因为他的父亲就住在隧道附近。他每次休假都要经过这条隧道，可列车都不在这儿停车，所以他好几年没有见到父亲了。

这位旅客从窗口探出身子，叫住顺着车厢走过来的列车员问道："出什么事了？"

"隧道口的铁轨坏了。"

"得停多长时间？"

"至少得四个钟头吧！"列车员说罢，转身走向隧道另一端。

车厢对面有个电话亭。这位旅客下车给父亲挂了电话，接电话的人告诉他说，他父亲正在上班，并把他父亲工作地点的电话号码给了他。于是他又往工作地点挂了电话。

"是儿子吗？"父亲不知怎的，一下子就听出了他的声音。

"是我，爸！火车在这儿要停整整四个钟头。"

"真不凑巧！"父亲难过地说，"我正好还要干四个钟头才能下班。"

"你不能请个假吗？"

"不行呀。"父亲答道，"任务很紧，或许我能想个法子。"

旅客挂上听筒。这时列车员正好从隧道里走了过来。

"再过两个钟头就发车。"他说。

四、如诗如歌的亲情

"怎么,过两个钟头!"这位旅客叫了一声,"您刚才不是说要等四个钟头吗?"

"修道工说要四个钟头才能修好,现在他又说,只要两个钟头就够了。"列车员说完,转身又向隧道另一端走去。

旅客飞快地跑向电话亭。

"爸,你听我说,是这么回事,不是四个钟头,我只有两个钟头了!"

"真糟糕!"父亲伤心地说,"好吧,我加把劲,也许一个钟头就能干完这点活儿。"

旅客挂上电话。这时列车员吹着口哨,从隧道里出来了。

"这个修道工干劲真大!他说了,一个钟头就能修好。"

旅客急忙又打电话:"爸,我刚才说得不对!不是两个钟头,是一个钟头。"

"这可麻烦了!"父亲懊丧极了,"半个钟头我无论如何是干不完活的!"

旅客又挂上听筒。列车员也从隧道里走了回来。

"嘿,真是笑话!那边说半个钟头就修好了。"

"该死的修道工,不是在说胡话吧!"旅客喊叫着跑向电话亭,"爸呀,你十分钟内能过来吗?"

"可以,孩子!拼上老命我也要干完这点活!"

"哼,这个修道工真奇怪,先抱怨'活太多,活太多',可现在又说只要十分钟就可以修好了。"列车员又向旅客传达了最新消息。

"混蛋,他在搞什么鬼!"旅客嘟囔着骂了一句,又拨了电话,"爸,听我说,我们见不了面了。这儿一个混蛋先说停四个钟头,现在又说只停十分钟。"

"真是个混蛋。"父亲赞同地说,"甭着急,我马上就过来!"

"乘客同志们,快上车!"从隧道里传来列车员的声音。

"再见了,爸爸!"旅客喊道,"他们不让咱们见面!"

"等等,孩子!"父亲上气不接下气地喊道,"我脱开身了,

感谢生命
GANXIE SHENGMING

别挂电话!"

这时旅客已跳上车厢。列车驶出隧道时,他凝望着巡道工的小屋,凝望着小屋窗口里用帽子擦着满脸汗水的老人。电话亭里,话筒里仍在响着父亲从远处传来的声音:"我脱开身了,儿子,脱开身了!"

> 无情未必真豪杰,怜子如何不丈夫。
> ——鲁 迅

> 还有什么比父母心中蕴藏着的情感更为神圣的呢?父母之心,是最仁慈的法官,是最贴心的朋友,是爱的太阳,它的火焰照耀温暖着凝集在我们心灵深处的意向。
> ——马克思

四、如诗如歌的亲情

五岁的出走

【匡立庆】

这件事是妈妈讲给我听的。

上小学以前,我一直被寄养在外婆家。

五岁那一年,有一次,亲戚给外婆家送来许多螃蟹。贪嘴的我从螃蟹一下锅就坐在饭桌旁,一直吃到所有人都离开饭桌了还意犹未尽。舅舅开我的玩笑说:"行呀,你这陪客的功夫挺到家的嘛!"客人们一下子哄笑起来。连外婆也在跟着笑。没有人注意到我小小的自尊心已膨胀成一个大气球,在他们的笑声中濒临爆裂。爆裂的结果是,我义无反顾地下定决心从外婆家出走,生平第一次只身踏上了回家的路。

从外婆家到我家大约有十四五里的样子,一半的路程要走在一条名叫龙河的小河堤上,另一半则要走在棋盘一样整齐排列的对虾塘的堤坝上。总之,沿途处处都是水,充满了诱惑,又布满了危险。

那时三伏刚过,午后的太阳把河堤上的土烤得冒起了烟,龙河里的水清冽得诱人,一群孩子正在水里嬉戏打闹。看到他们,我走不动了。外婆平日里绝对不允许我下水的,可是今天……

我在水里尽情地疯了一两个小时才上岸赶路。经过虾塘的时候,免不了又和钓鱼摸虾的孩子们玩上一会儿,和路边的蝴蝶蜜蜂逗上一阵子。直到天快黑了,我才消消停停地进了家。

这是我第一次一个人成功地回家,妈妈明显地有点惊喜,赶紧问我外婆知不知道我回家的事,我含含糊糊地说声知道,就饿虎扑食般扑向了饭桌。

外婆把镇上的几条街喊遍了,仍不见我的踪影,一家人立即陷入了恐慌。外婆瘫倒在地上,站不起来,哆哆嗦嗦地命令舅舅和

感谢生命

邻居家里的几个小伙子带上网沿龙河去打捞,命令二姨到六里之外爸爸教书的学校里找他,命令三姨飞跑到我家看看我有没有回家。

"那时候哪里有电话呀,就是自行车全镇也才有两三辆。"妈妈说。

舅舅和那帮小伙子到了龙河边,也不知怎么那么巧,头一网下去真的就捞上来一个小孩。我十七岁的舅舅吓得一头栽到了水里,怎么也爬不上来。邻居一看不是我,赶紧一边掐舅舅的人中,一边找了一口大锅让那小孩伏在上面控水抢救。

外婆在家一听河里捞上来个小孩,一下子昏了过去。

爸爸骑着好不容易借来的自行车,载着二姨回来。看到河堤上围满了人,重重地摔倒在路上,血唰地从头上流了下来。得知并不是我,他立刻跳起来,飞一般往家里骑去。

快到家的时候,爸爸追上了跑得筋疲力尽的三姨。不知道是爸爸骑车太生疏的原因,还是心里太慌张,短短的一段路,他们摔了不知多少跤。

一进家门,看到我正和哥哥、弟弟没心没肺地打闹,三姨哇的一声哭起来。她完全忘记自己从来没有骑过车,抢过爸爸手里的自行车,摇摇晃晃骑上了就跑。听外婆说,三姨就是这样奇迹般地学会了骑自行车,一直骑到了家。

我猜出是怎么回事,蹩到了门口不敢吱气。爸爸脸上带着一种我从没有见过的很奇怪的笑容,慢慢地走到我的身边,伸出手摩挲着我的短发,反复地说着同一句话:"你回来了呀,回来了呀……"爸爸的神情把妈妈吓坏了,抱着他的胳膊一个劲儿哭。好长时间爸爸才恢复正常,妈妈忙着安慰,倒把打我的事给忘记了。

晚上,妈妈到外婆家去了。爸爸一夜没有睡,就坐在屋里喝茶。觉得热了,就拿出凉席铺在院子里,把我们兄弟三人一个个抱出来躺好,自己坐在旁边为我们赶蚊子。觉得露水凉了,又把我们一个个抱回屋放在床上,自己再坐在旁边喝茶。就这样反反复复地抱来抱去,直到东方已白。

那以后,我好像突然懂事了。哪怕离开十分钟,也要告诉大人自己到哪里去,什么时候回来。

四、如诗如歌的亲情

笨 小 孩

【彭海清】

小时候,我在村里是出了名的笨。

六年级时,父亲带我去交公粮。出纳算了账,父亲觉得不踏实,便又偷偷叫我重算了一遍,结果和出纳的数目相差十几块!父亲在得到我的肯定后和出纳吵了起来,目不识丁的父亲只相信自己的儿子,居然和相交几十年的老友吵得面红耳赤!我心虚地又算了一遍,天啊!竟然是我错了!那一刻我愧疚得要死,父亲喋喋不休的争辩也一下子顿住了。那一刻,我清晰地见到父亲的脸一下子变得铁青,手也在不停地颤抖。他久久地盯着我,不发一言,然后在众人的哄笑声中拉了我便走。

也许是智商有限加上读书不用功,虽然花了时间早起晚睡很认真地去做,我每次考试的成绩总不理想,且往往被老师留堂。父母来校接我时总要被老师数落一通,满脸通红地讪笑着赔情说好话,回来了又彼此安慰说,孩子还没通性,由着他,长大了会自觉的,别逼着他了。显然他们彼此都很清楚自己的儿子不折不扣的笨,却仍善意地期望着。

懵懵懂懂地长到十二岁,我的思想第一次发生了重大转变。那年初秋,天气特别炎热。刚割完早稻,父母出工去了,叫我在家门口晒谷子。中午的时候,我望了一眼万里无云的天空,心想不会下雨吧,便跑去不远的小河里游水。正游得开心,大雨骤然而至。我光着身子拼命地跑到家里的时候,父亲正拿着扫帚拼命地堵截那些随着水流四周乱窜的谷。见我回来,就扬起扫帚。我一见吓坏了,扭头就跑,慌不择路地跑进了一条山沟,一不小心掉进了水沟。水势湍急,一下将我冲出老远,夹杂在水里的荆条

感谢生命

又火上浇油，我心里一急一痛，便昏了过去。后来听说，父亲当时吓坏了，背着我没命地往医院跑，鞋子跑没了，上衣跑没了，裤子撕破了；半路上，母亲听到消息追上来便轮流背着，一直背到三十余里外的医院。母亲有腿疾，走路本就一颠一颠的，我无法想象那段路她是怎样挺过来的。十多年后的今天，我每每想起父母在那条山道上挥汗如雨心急如焚地奔跑，泪水便会不由自主地流下来，心中也悔恨不已。

看到我醒来，父母喜极而泣，抱头大哭。泪水滑过他们憔悴的脸庞，滴落在他们血痕斑斑的脚上，触目惊心！其实当时我只是惊吓过度，医生说，在家静养一下就行了。但父母的小题大做却唤醒了我那麻木沉睡的心。父母的泪水让我一下子长大了，那一刻，我突然意识到即使愚笨如我，也是父母心中的最爱啊！

那年期末，我破天荒地考了全班第一。邻居说这娃子就是命硬，这水中一浸不但没有浸出问题，反而把人给浸聪明了。只有我知道，正是父母的爱让我滋生了强烈的愿望——我要用最好的成绩来给父母争光。全班第一的荣耀让父母骄傲了好久，他们屡屡将我作为弟弟妹妹们的榜样。这让我开心了好久，以至于慢慢养成了读书的习惯，一读读到大学毕业。

我至今仍不知道自己的智商是高是低，也许，这对人的一生来说并不重要，重要的是有怎样的父母。从懵懂到明事，其实只是一桥之隔，父母温和宽厚的爱是孩子跨过这座桥的动力。就像黑云经过太阳的亲吻也会变成绚丽的彩霞，再笨的小孩，有父母的爱和呵护，也会长成顶天立地的栋梁。

四、如诗如歌的亲情

最珍贵的废书

【袁国良】

一天，收拾屋子，找出两本布满尘土的小学课本。女友说，还不扔了？我抚摸着书半晌没说话。

书是上高中时妈妈为我买的。妈妈是个一字不识的苗家妇女。家乡有种风俗，一个女人在去世时，口里必须含银（或金）才能入土为安。所以在贫困人家，攒钱置办一件小小的银饰便成了家庭生活的重要内容。那一年，妈妈起早摸黑喂了两口猪，终于置了一对银手镯。

在临近高考的那段日子，妈妈时常进城给我送些吃的。她知道我复习忙，每次都是匆匆来匆匆去。有一天，妈妈去了不久却又回来，拉我到僻静处："孩子，我替你买了两本考大学的书。"

"什么！"我心里"咯噔"一下。常听人说学校外面有人用假书、假资料来骗那些来自山区一字不识的家长。

"人家说，只要用这书，考大学包中。"

"哪来的钱？"

"镯子换的。"

我抢过书，撕去包装，一阵巨大的绝望顿时袭上心头：两本小学课本竟然就骗走了妈妈的两只镯子！

"孩子，行吧？"

望着满怀期望的母亲，我强压下泪水和屈辱："行，妈，行的！"

后来我考上了大学，妈妈高兴极了，说是两只镯子花得值。她甚至想找卖给她书的人道谢！

"你妈后来知道真相了吗？"女友问。

"没有。我永远都不会让她知道。"

父亲的收藏

【水 儿】

作家茨威格喜欢收藏名人的手稿,他有过许多非常珍贵的藏品。他的墙上挂着布莱克的一幅素描和歌德一首诗的手迹,他的柜中放着巴赫、海顿、肖邦的乐谱,他甚至收存了莫扎特11岁时的一件手稿。诸如此类的珍品太多了。这些东西如果留到现在,几乎件件价值连城。可惜的是,它们在茨威格自杀后全部散失,有些可能永远从世间消失了。

我是在一本杂志上读到这则轶事的。读完后我唏嘘不已。太可惜了,我说。然后突然又想起什么似的回过头去,问已退了休坐在沙发上看报纸的父亲:"这么多年,您收藏了什么?"

父亲一愣。过了片刻,父亲显得有些不好意思。"没有没有,"父亲说,"我没收藏什么。"我听了后,顿时狐疑起来。我知道父亲有一只木箱子,平时总是锁着的,里面到底装着什么,谁也说不清楚。这么一想,我忍不住一阵窃喜,莫非父亲真的收藏着什么值钱的好东西?

"您别逗了,"我笑了起来,"您那木箱子里是不是有几件是明清时代的官瓷?"父亲没有说话,只是摇头。"要不,就是徐悲鸿的奔马图、郑板桥的难得糊涂?"父亲仍然摇头。我急了:"再不济,也有几块黄金白银或者祖传的玉镯什么的吧?"

父亲依然不慌不忙地看他的报纸,脸上呈现着温和的笑,那笑此刻在我的眼里却开始变得有些神秘。我想父亲肯定藏着什么传世珍宝,他只是不肯拿出来让我们分享罢了。我的好奇心越发大了起来。"我只想看看,不会要您的东西的。"我对父亲说。

过了一会儿,父亲放下手头的报纸说:"你真要看么?"我一

四、如诗如歌的亲情

个劲地点头。父亲走到自己的卧室,搬出了那只箱子,把它打开,然后开始一件件地拿出来。

父亲的藏品大致如下:

三个儿女从小学时代开始的成绩报告书,三好学生奖状,参加各种竞赛的获奖证书。一本破旧的新华字典,扉页上有某某学校三等奖字样,年代久远了,字迹模糊看不清楚。好几份我和小弟的检查书。一大扎一大扎我们姐弟三个写给父母的信件,还有几封特别的信,是姐姐谈恋爱时她男朋友寄过来的,不知怎么被父亲收着了。然后就是几大本剪贴簿,翻开来一看,是姐姐和我发在报刊上的涂鸦之作。

父亲颇吃力地弯着腰,一边收拾着,一边说:"你看么,没有什么值钱的呀。"我没有回答父亲的话,有那么一会儿,我愣在那里。的确,和茨威格的藏品比较起来,父亲的收藏没有一件是珍品,但我知道,在父亲的眼里,它们却是无价之宝。就在那一刻,突然地,我忍不住想流泪。人们常说父爱如山,今天我才真正感觉到它的沉重的分量。

93

屋是墙壁与梁所组合,家是爱与梦想所构成。

——泰戈尔

感谢生命
GANXIE SHENGMING

母爱如佛

【斯 君】

听说过这样一个故事——

从前,有个年轻人与母亲相依为命,生活相当贫困。

后来年轻人由于苦恼而迷上了求仙拜佛。母亲见儿子整日念念叨叨、不事农活的痴迷样子,苦劝过几次,但年轻人对母亲的话不理不睬,甚至把母亲当成他成仙的障碍,有时还对母亲恶语相向。

有一天,这个年轻人听别人说起远方的山上有位得道的高僧,心里不免仰慕,便想去向高僧讨教成佛之道,但他又怕母亲阻拦,便瞒着母亲偷偷从家里出走了。

他一路上跋山涉水,历尽艰辛,终于在山上找到了那位高僧。高僧热情地接待了他。席间,听完他的一番自述,高僧沉默良久。当他向高僧问佛法时,高僧开口道:"你想得道成佛,我可以给你指条道。吃过饭后,你即刻下山,一路到家,但凡遇有赤脚为你开门的人,这人就是你所谓的佛。你只要悉心侍奉,拜他为师,成佛又有何难?"

年轻人听后大喜,遂叩谢高僧,欣然下山。

第一天,他投宿在一户农家,男主人为他开门时,他仔细看了看,男主人没有赤脚。

第二天,他投宿在一座城市的富有人家,更没有人赤脚为他开门。他不免有些灰心。

第三天,第四天……他一路走来,投宿无数,却一直没有遇到高僧所说的赤脚开门人。他开始对高僧的话产生怀疑。快到自己家时,他彻底失望了。日暮时,他没有再投宿,而是连夜赶回

四、如诗如歌的亲情

家。到家门时已是午夜时分。疲惫至极的他费力地叩动了门环。屋内传来母亲苍老惊悸的声音:"谁呀?"

"我,你儿子。"他沮丧地答道。

很快地,门开了,一脸憔悴的母亲大声叫着他的名字把他拉进屋里。就着灯光,母亲流着泪端详他。

这时,他一低头,蓦地发现母亲竟赤着脚站在冰凉的地上!

刹那间,灵光一闪,他想起高僧的话。他突然什么都明白了。

年轻人泪流满面,"扑通"一声跪倒在母亲面前。

看到这个故事的时候,我的心不禁怦然一动。母亲对于我们每个人来说永远都是伟大的。不能事亲,焉能成佛?在你失意、忧伤甚至绝望的时候,千万不要忘记你身边立着的母亲。尽管她不能点拨你什么,但在你无助无奈之时,她的微笑会如佛光一样为你映出一片光明,使你对人生萌生希望。不管你是怎样的卑微和落魄,母亲永远是你可以停泊栖息的港湾,她的关爱和呵护一样会把你渡上一条风雨无阻的人生之船。

母亲就是那可以毫不犹豫赤脚为你开门的人,母亲拥有可以宽恕你的一切过失的胸怀。

我们苦苦寻找想要侍奉的佛,就是母亲。你想到了吗?

母爱是一种巨大的火焰。

——罗曼·罗兰

一生走不出您浓浓的爱

【林风谦】

母亲刚怀上我,便查出心脏病。医生建议打胎,母亲摇头说不,她用生命作赌注,给了我新生。

1岁那年,清贫的生活使母亲奶水不足,每天她抱着我到3里外的一个村里,找人喂奶。

两岁那年,据说我还常常尿湿被褥,母亲不厌其烦为我换洗。

3岁那年的一个深夜,我突然发高烧,父亲不在家,母亲抱着我一口气跑到10里外的乡医院。那是10余里崎岖不平的山路啊!

4岁时,我偷拿了别人的东西,遭到母亲一顿打。母亲只打过我这一次,打得毫不留情。

5岁那年的一个冬夜,母亲为一个上门讨饭的老人煮了两个鸡蛋。那时的鸡蛋是逢年过节才舍得吃上一次的奢侈品。母亲说:"娃,人有难处时帮一把,心里踏实些。"母亲厚道的话,使我明白——拥有爱心,人活着才会踏实、有意义。

6岁时邻居王伯杀了头猪,送来半斤肉,当时,吃晚饭不点灯,昏暗中母亲"误吃"了一块肉,即刻又吐出来,放到我的碗中。

7岁时,我得了一场大病,家乡一位老赤脚医生说须用螳螂卵做药引。此物多生于高高的树梢。寒冬腊月,母亲持一竹竿出门了。回来时,母亲一头乱发,脸上有几道血痕。手中紧紧攥着一把螳螂卵。

8岁时,母亲卖掉唯一的嫁妆——手镯,送我上了小学。

9岁那年的冬天格外冷,母亲拆掉自己的毛衣,在昏暗的煤油灯下,为我改织了一套毛衣裤。也就在那个冬季,因为寒冷和劳累,母亲落下病根。

四、如诗如歌的亲情

10岁那年,我调皮贪玩,两门功课不及格,母亲没有骂我,只说:"以后好好学。"

11岁那年,我再次让母亲蒙受了耻辱,期终考试后的家长会上,班主任将成绩单按好坏顺序逐一送到家长手中。当着众人的面,母亲最后一个领到通知单。回到家,母亲把我叫到跟前,说:"娃,娘不懂文化,可你不能不懂啊!"

13岁,我到离家20里外的中学读书。每个周末,母亲瘦弱的身影就会出现在校园,为我送来干粮和一把皱巴巴的毛票。

14岁,一场大火使家中一贫如洗,母亲走东家,串西家,东拼西凑,起早贪黑,支撑起整个家,没让我退学。

15岁,母亲病重。从学校赶回家,看到面容憔悴的母亲,我哭了。母亲说:"不哭,你啥时见娘哭过。"

16岁,母亲送我进了县高中。

17岁,母亲开始让别人为我捎粮和钱,她怕自己的样子让我在同学面前难堪。

18岁,高考给我当头一棒,我万念俱灰,在床上一躺三四天,母亲来到床边说:"娃,娘不懂什么大道理,可娘知道,只要自己不倒下,啥道走不通呢?"母亲的话解开了我心中的疙瘩。

19岁,我报名参军,送别时,许多为儿送行的母亲落了泪,唯有我的母亲没哭。她说:"放心去吧,穿上军装就是部队的人了,莫想家,好好干。"

20岁,我荣立三等功。接到喜报,母亲落了泪。

21岁,我入了党,母亲又哭了。

22岁,我考上江南一所美丽的军校。

如今,我已从军校毕业走上了工作岗位。

但是,儿行千里,走不出母亲您浓浓的化不开的爱。

感谢生命 GANXIE SHENGMING

六点十分的爱

【陈 文】

几年前,一位刚毕业的女孩打电话给父母,说她要去深圳一家外企应聘,并无意中提及中途或许会经过父母所在城市的一个小站。那个小站在邻县,距离父母所在城市有两个小时车程。

女孩打过电话的几天后便踏上了列车。列车停靠在那个小站时是早晨六点十分,停靠时间大约十分钟。车刚停稳,女孩正倚着窗口,忽然听见有人呼唤她的名字,她探身窗外——在朦胧的曙色中是父母的身影。

她母亲急急忙忙用毛巾包着一个大瓷缸递给她,揭开盖子,是热气腾腾的肉饼汤。短暂的十分钟里,她父母几乎不容她说什么,只是那样满足地、幸福地催促她一口口喝汤。

列车开动时,女孩的父母握着一个空瓷缸站在月台上向女孩挥手。女孩的喉头堵着,父母身影渐远时,她泪水流了一脸。

她不知道父母是几点起身的,或许他们根本一晚没睡。蒸肉饼汤,赶早班车——在浓黑而冷的夜色里,他们已为了一缸汤上路了。

……

是啊,有什么爱比得上夜半厨房为她而起的那缕温暖蒸汽?比得上夜色中为她而赶路的匆匆脚步?在完全陌生的城市中,女孩觉得非常踏实。

五、感动是一种养分
WU GANDONG SHI YIZHONG YANGFEN

记住什么，忘掉什么 / 林治波

感动是一种养分 / 何　蔚

学会感恩 / 肖复兴

知遇之恩 / 严丽萍

感恩之心 / 林润翰

莫忘致谢 / 费恩·贝德福德

有温度的词汇 / 艾苓

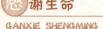

记住什么，忘掉什么

【林治波】

人生一世，会经历很多事情，好的、坏的，美的、丑的，顺利的、别扭的，利己的、利他的，让人愉快的、令人苦恼的，可谓形形色色，五花八门。有些事情人们记得牢，有些事情人们忘得快，这都是很自然的。人是有记性的，同时又是有忘性的。

问题是，记住什么，忘掉什么？这可以是一个自然的过程，也可以是人为的过程。一般来说，对于过五关斩六将的荣耀，人们更容易也更愿意记住，甚至在各种场合津津乐道；而对那些走麦城的教训，人们往往容易遗忘，或者刻意回避。还有一种情况，人们容易记住自己对别人的恩惠，同时却又容易淡忘自己受人之惠。趋利避害是人的本能，从这个角度看，人们的记忆取向是自然的，完全可以理解。但是，人是有思想、有品格的，一些思想杰出、品格纯正的人，往往有着更高的境界。比如，在记忆的取舍上，就有这么一个小故事，可以给我们一点启示。

经济学家孙冶方和舞蹈家资华筠都是第五届全国政协委员，他们常在一起开会。一天，孙冶方得知资华筠是著名学者陈翰笙的学生，便主动告诉她："你的老师是我的引路人。我是在他的影响下，参加革命并且对经济问题发生兴趣的，所以我很感谢他。"后来，资华筠把这件事告诉了陈翰笙，翰老却说："不记得了。"资华筠以为老人年事已高，记忆模糊了，嗔怪地说："人家大经济学家称您是引路人，您倒把人家忘记了？"不料，翰老十分认真地说："我只努力记住自己做过的错事——怕重犯。至于做对的事情，那是自然的、应该的，记不得那许多了。孙冶方选择的道路和成就，是他自己努力的结果，我没什么功劳。"

五、感动是一种养分

一个铭记着自己的引路人，念念不忘别人对自己的恩典；一个却不记得自己做过的好事，而只努力记住自己做过的错事。这种情怀与境界，非比寻常。

感恩是一种美德。老话说，滴水之恩当涌泉相报。事实上，这句话所表达的不是一种现状，而是一种追求，完全做到的人并不多。即便如此，也不应放弃这种追求，因为记住别人对自己的好，以感恩的心态对待他人，以宽阔的胸襟回报社会，是一种利人利己有益社会的良性循环。

不忘责己之过而忘施人之恩，更是一种美德。记住自己做过的错事，是吃一堑长一智、避免重蹈覆辙的前提。一个人想要少犯错误，不断取得进步，就必须做到这一点。一般情况下，施恩者在有意无意之间都希望受益者给予回报，倘若受益者没有什么表示，施恩者往往会烦恼不快。相形之下，像陈翰笙先生那样把自己施人之恩视为"自然的、应该的"，淡而忘之，不求回报，这种真诚、宽厚的善举是一种高境界。

记住什么、忘掉什么，并不完全是记忆力的问题，而是世界观、人生观的问题。感他人之恩，责自身之过，恕别人之错，忘施人之惠，说到底是一种严己宽人的高风亮节，更是一种大公无私的道德风范。

> 受惠的人，必须把那恩惠常藏心底，但是施恩的人则不可记住它。
>
> ——西塞罗

感动是一种养分

【何 蔚】

常常有一些无法言说的感动。

譬如看见从一棵树的手腕上,一枚青涩的苹果或一只熟透的蜜桃,冷不丁地跳到地上,在尘土中灼下一道轻痕,打下一个水印,或者连一点儿蛛丝马迹也不曾留下,可就在这一瞬间,它已经深深地感动了我。

譬如看见一只小鸟,在我的窗台上跳跃顾盼,抖动漂亮的羽毛冲着我叫了那么一声,甚至只有半声,尔后又匆匆飞走。譬如看见一个朋友久违的眼神和手势,看见一颗滚动在草叶上的露珠被风摔碎之前的最后一次闪耀……总之,感动我的有时是一种声音,一种复杂的隐喻了生命幻象的声音;有时是一种色彩,一种沉重的、负载了诸多情感信息的色彩;有时是一种状态,一种含蓄的、超越了明白话语的状态。

更有时候,感动我的仿佛什么也不是,也仅仅是事物的一粒元素而已。

不知道为什么要感动。

但有一点是可以肯定的:若是没有感动,我想我就会于不痛不痒中丢弃自己。因为我知道,这个世界上所有的生命甚至连一朵花一茎草一湖水和一尾鱼,都那么持久地拥有着令人感动的特质。如果对美视而不见,对春天也无动于衷,那么还有什么理由在美和春天之间迈动双脚?

想一想,一朵花因为什么而鲜艳妩媚,一茎草因为什么而摇曳多姿,一湖水因为什么而清波漾溢,一尾鱼因为什么而跃出河面?

五、感动是一种养分

许多时候，我就是这样不可抗拒地被一些极小的事物感动着，被极小的感动润泽着。只是，我好像从来没有留心将每一次感动的具体根由进行仔细的探究，一条一款地罗列起来，为诱发下一次感动埋好伏笔。我想，谁如果真这么愚蠢地对待感动的话，那他就不可能拥有更多的感动了。感动是不能提前准备的，如同做梦一样，因此也没有必要在事后对它作一番精彩的归纳、总结或者赏析。

我想，感动是由于我深爱着世上一切美好的事物，甚至比别人更留意也更钟情于它们。而这些美好的事物也仿佛是我的朋友和亲人，也同样爱着、留意着、钟情着我。我们永远保持着那种和谐友善、亲密真挚的联系，保持着深层的感情交流、碰撞与沟通。彼此间相互提醒、暗示，相互期许、关怀和给予。每次小小的感动都会洗净我灵魂中某个小小的斑点和污渍，每一次深深的感动都有可能斩断我性情中某一段深深的劣根。日复一日，年复一年，感动使我的内心变得清洁、明亮、丰富而又宽敞，使我面对每一轮崭新的日出都能赢得一个全新的自我。

因此我敢说，一个人，只要他还能感动，就不至于彻底丧失良知与天性。只要能感动，即使将你放在生活的最边缘，你也决不会轻易放弃做人的资格以及与生俱来的发言权。

学会感恩

【肖复兴】

西方有一个感恩节。那一天,要吃火鸡、南瓜馅饼和红莓果酱。那一天,无论天南地北,再远的孩子,也要赶回家。

总有一种遗憾,我们国家的节日很多,唯独缺少一个感恩节。我们可以东施效颦吃火鸡、南瓜馅饼和红莓果酱,我们也可以千里万里赶回家,但那一切并不是为了感恩,团聚的热闹总是多于感恩。

没有阳光,就没有日子的温暖;没有雨露,就没有五谷的丰登;没有水源,就没有生命;没有父母,就没有我们自己;没有亲情友情和爱情,世界就会是一片孤独和黑暗。这些都是浅显的道理,没有人会不懂,但是,我们常常缺少一种感恩的思想和心理。

"谁言寸草心,报得三春晖","谁知盘中餐,粒粒皆辛苦",我们小时候背诵的诗句,讲的就是要感恩。滴水之恩,涌泉相报,衔环结草,以报恩德,中国绵延多少年的古老成语,告诉我们的也是要感恩。但是,这样的古训并没有渗进我们的血液,我们常常忘记了,无论生活还是生命,都需要感恩。

蜜蜂从花丛中采完蜜,还知道嗡嗡地唱着道谢;树叶被清风吹得凉爽,还知道飒飒地响着道谢。但是,我们还不如蜜蜂和树叶,有时候,我们往往容易忘记了需要感恩。

没错,感恩的敌人,是忘恩负义。但是,真正忘恩负义的人毕竟是少数,大多数的人们常常对别人给予自己的帮助和情谊、恩惠和德泽,以为是理所当然,便容易忽略或忘记,有意无意地站在了感恩的对立面。难道不是吗?我们父母给予我们的爱,常

五、感动是一种养分

常是细小琐碎却无微不至，我们不仅常常觉得就应该是这样，而且还觉得他们人老话多，树老根多，嫌烦呢。而我们自己呢，哪怕是同学或是情人的生日，都不会错过他们的PARTY，却偏偏记不清父母的生日。

懂得感恩的人，往往是有谦虚之德的人，是有敬畏之心的人。对待比自己弱小的人，知道要躬身弯腰，便是属于前者；感受上苍懂得要抬头仰视，便是属于后者。因此，哪怕是比自己再弱小的人给予自己的哪怕是一点一滴的帮助，这样的人也是不应轻视、不能忘记的。跪拜在教堂里的那些人，仰望着从教堂彩色的玻璃窗中洒进的阳光，是怀着感恩之情的，纵使我并不相信上帝的存在，但我总是被那种神情所感动。

恨多于爱的人，一般容易缺乏感恩之情。心里被怨愁怨恨胀满的人，便容易像是被雨水淹没的田园，很难再吸收进新的水分，便很难再长出感恩的花朵或禾苗。

不懂得忏悔的人，一般也容易缺乏感恩之情。道理很简单，这样的人，往往唯我独尊，一切都是他对，他从来都没有错，对于别人给予他的帮助，特别是指出他的错误弥补他闪失的帮助，他怎么会在意呢？不仅不会在意，而且还可能会觉得这样的帮助是多余是当面让他下不来台呢。这样的人心如冰硬板结的水泥地板，水是打不湿的，便也就难以再松软得能够钻出惊蛰的小虫来，鸣叫出哪怕再微弱的感恩之声来。

财富过大并钻进钱眼里出不来，和权力过重并沉溺权力欲里出不来的人，一般更容易缺乏感恩之情。因为这样的人会觉得他们是施恩于别人的主儿，别人怎么会对他们有恩且需要回报呢？这样的人，大腹便便，习惯于昂着头走路，已经很难再弯下腰、蹲下身来，更难于鞠躬或磕头感恩于人了。

虽说大恩不言谢，但是，感恩一定不要仅发于心而止于口，对你需要感谢的人，一定要把感恩之意说出来，把感恩之情表达出来。美国曾经有这样一则传说，一个村子里，一家人围坐在餐桌前吃饭，母亲端上来的却是一盆稻草。全家都很奇怪，不知道

感谢生命
GANXIE SHENGMING

这究竟是怎么一回事，母亲说："我给你们做了一辈子的饭，你们从来没有说过一句感谢的话，称赞一下饭菜好吃，这和吃稻草有什么区别！"连世上最不求回报的母亲都渴望听到哪怕一点感谢的回声，那么我们对待别人给予的帮助和恩情，更需要把感恩的话说出来。那不仅是为了表示感谢，更是一种内心的交流，在这样的交流中，我们会感到世界因这样的息息相通而变得格外美好。

我在报上看到这样一则消息：湖南两姊妹在小时候一次落水，被一个好心人救起，那人没有留下姓名就走了。两姊妹和她们的父母觉得，生命是人家救的，却连一声感谢的话都没有对人家说，发誓一定要找到这个恩人。他们整整找了20年，两姊妹的父亲去世了，她们和母亲接着千方百计地寻找，终于找到了这位恩人，为的就是感恩。两姊妹跪拜在地上向恩人感恩的时候，她们两人和那位恩人以及过路的人们都禁不住落下了眼泪。这事让我很难忘怀，两姊妹漫长20年的行动告诉我，到什么时候都不要忘记对有恩于你的人表示感恩。而感恩的那一瞬间，世界变得是多么的温馨美好。

我永远也不会忘记几年前的一件事情。那天，我在崇文门地铁站等候地铁，一个也就四五岁的小男孩，从站台的另一边跑了过来。因为是冬天，羽绒服把小男孩撑得圆嘟嘟的，像个小皮球滚动了过来。他问我到雍和宫坐地铁哪边近，我告诉他就在他的那边。他高兴地又跑了回去，我看见那边他的妈妈在等着他。我已经等了半天了，地铁也没有来，我便走了，准备上去打个"的"。我快走到楼梯最上面的出口处时，听见小男孩在后面"叔叔，叔叔"地叫我。我不知道他要干什么，便站在那里等他。看着他一脑门子热汗珠儿地跑到我的面前，我问他有事吗，他气喘吁吁地说："我刚才忘了跟您说声谢谢了。妈妈问我说谢谢了吗。我说忘了，妈妈让我追你。"

我永远不会忘记那个孩子和那位母亲，他们让我永远不要忘记学会感恩，对世界上不管什么人给予自己的哪怕是再微不足道的帮助和关怀，也不要忘记了感恩。

五、感动是一种养分

知遇之恩

【严丽萍】

已是多度年华远去了，生命里的那个早晨仍然不断地回到我的梦中。

那时我读中学三年级。为了考取理想的学校，我废寝忘食地沉浸于书海中，几乎忘记了时间。晚修是10点钟结束，而我和一些同学常常赖在教室里不肯走。年级组长是我们的语文老师，是那种不怒而威的人，但他很理解我们，常常叫那管铁闸的人先回去，而他总是耐心地等我们全部离去后才锁好铁闸回去。那时候通常已是月冷星稀的深夜。因此我们都十分敬重他。

那个冬夜虽然寒风劲吹，但我仍然迟迟不愿意离去，为一道几何题苦思冥想。除了我所在的教室外，其他教室早已是漆黑一片。正入神之际，耳边传来粗重的敲门声。循声望去，原来是掌管这座教学楼闸门开关的人。他不耐烦地说快走！要关门了！我哦了一声，没太在意，我不知道当夜年级组长有事先走了。几分钟后我听到了一声巨响，是一楼传来的关铁闸的声音。我突然醒悟过来，整座大楼只剩下我一个人了。恐惧立即包围了我。我连忙急奔下楼，慌乱中大叫开门。过了一会，锁门人不知从什么地方出来了，他面露愠色说，你只管乱叫，没人会给你开门的，我早就看不惯你这种人，常常赖着不走，你以为你是谁？然后拂袖而去。我呆在铁门前，全身发冷，泪水无声落下。后来惊动了宿舍管理人员，他找到年级组长，拿来钥匙开了门……

第二天早晨，年级组长把我叫到了办公室，我含着泪把昨夜的事对他说了。听完我的诉说后，年级组长没有安慰我，也没有指责那个把我锁于门内的人，而是对我说了这样一段话。他说：

感谢生命

在每个人漫长的生命旅程中，均会不断遇到三种不同的人，他们交织在你的工作、学习、生活和情感中。第一种是欣赏你、理解你、器重你的人；第二种是曲解你，与你产生分歧，甚至中伤你的人；第三种是与你互不相干的人。第一种人对你有知遇之恩，你可以与之为师为友；第二种人给你伤害，你只需远离他，而不必与他计较，更不该为此而苦恼；第三种人与你无关痛痒，你大可与之和平共处，以礼待之。一个人不可能被所有人接纳，更不可能被所有人包容。因为一种米养千样人。你必须悦纳自我，而后宽恕那些伤害过你的人。明白此道理并坚持这样做，你的人生就会平和一些，你的痛苦也就会相对少一点。

此后经年，在我不无挫折的人生路上，恩师当年的话得到了极好的印证。那个冬日的早晨，虽然寒冷，但我感到了温暖和幸福。那些意味深长的话语深深地影响着我，教会我以一颗平常之心去面对浮沉的人生。

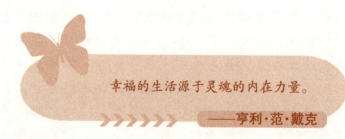

幸福的生活源于灵魂的内在力量。
——亨利·范·戴克

五、感动是一种养分

感恩之心

【林润翰】

　　在美国，感恩节是个快乐的日子。可在许多年以前，有一对年轻的夫妇却是以绝望的心情迎接它的到来，因为他们太穷了，想都不敢想节日的"大餐"。看着心情糟透的父母大吵起来，儿子只能无助地站在旁边。正在这时，响起了敲门声。男孩看到门外站着一个满面笑容的男人，手里还提着一个大篮子，里头装满了各式各样过节用的东西。这家人一时都不知道究竟是怎么回事。

　　那人说："这份东西是别人让我送来的，他希望你们知道还有人在关怀和爱着你们。"看着这份陌生人送来的礼物，夫妇俩推辞着。可那人把篮子搁在男孩子的臂弯里就转身离开了，临走时还留下一句温暖的话语："祝感恩节快乐！"

　　感恩之心在男孩的心底油然而生，他暗暗发誓：日后也要以同样的方式去帮助别人。

　　18岁那年，男孩终于可以养活自己了。虽然他的收入很少，可在这年的感恩节，他还是花钱买了不少的食物，装作一个送货员，把这些食物送给了一个很穷的家庭。当他走进那个破落的房子时，前来开门的妇女警惕地盯着他。他对那位妇女说："我是受人之托来送货的，请你收下这些东西吧。"说着男孩从他那辆破车上取下了那些食物。孩子们高兴地欢呼了起来。"你是上帝派来的使者！"那妇女语无伦次地说。男孩忙说："不，不，是一个朋友托我送的，祝你们快乐！"说完他把一张字条交给了这位妇女。字条上写着："我是你们的一位朋友，愿你们能过个快乐的节日，也希望你们知道有人在默默地爱着你们。今后如果你们有能力，请同样把这样的礼物送给其他需要帮助的人。"

感谢生命
GANXIE SHENGMING

　　这个年轻人怀着一个美好的心愿生活着、奋斗着,终于成为影响了许多美国人心灵的大师。他的名字叫罗宾。

　　每个人在生活中,多多少少都得到过别人的帮助,接受过他人的恩惠,可我们是不是都用心记住了这些,并因此多了一分感恩之心呢?其实,如果我们能怀着感恩之心面对生活,那么即使处在最困厄的环境里,我们也能看到生命的绿洲,从而怀着更多的希望面对未来。感恩之心还是一颗美好的种子,假如我们不光懂得收藏,还懂得适时播种,那么我们就能给他人带来爱和希望,并因此挽救他们,或是改变他们的内心世界。

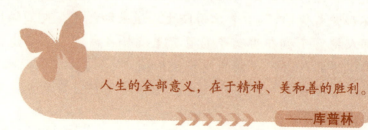

人生的全部意义,在于精神、美和善的胜利。
——库普林

五、感动是一种养分

莫忘致谢

【费恩·贝德福德】

依琳娜、莎拉和德鲁还小的时候,每当他们要向人家致谢,就口述感谢词句,由我笔记。但是到孩子长大一些,有能力自己写谢柬了,却必须我三催四请才肯动笔。

我会问:"你写了信给爷爷,谢谢他送你那本书没有?"或问:"陶乐思阿姨送了你那件毛线衫,你可向她道谢?"他们的回应总是含糊其辞,或耸耸肩膀。

有一年,我在圣诞节过后催促了几天,儿女竟一直毫无反应,我大为气恼,便宣布:谢柬写妥投邮之前,谁也不准玩新玩具或穿新衣。他们依旧拖延,还出言抱怨。

我忽然灵机一动,就说:"大家上车。"

"要去哪里?"莎拉问,觉得好奇怪。

"去买圣诞礼物。"

"圣诞节已经过去了。"她反驳。

"不要啰嗦!"我斩钉截铁地说。

待孩子都上了车,我说:"我要让你们知道,人家为了送你们礼物,要花多少时间。"

我对德鲁说:"麻烦你记下我们离家的时间。"

来到镇里,德鲁记下抵达的时刻。三个孩子随我走进一家商店,帮我选购礼物送给我的姊妹。然后我们回家。

三个孩子一下车便向雪橇走过去。我说:"不许玩,还要包礼物。"孩子们垂头丧气回到屋里。

"德鲁,记下到家的时间没有?"他点点头。

"好,请你记录包礼物的时间。"

感谢生命
GANXIE SHENGMING

孩子包礼物时,我替他们冲泡可可,终于最后一个蝶形结也系好了。"一共花了多少时间?"我问德鲁。

他说:"到镇上去,用了28分钟,买礼物花了15分钟,回家用了38分钟。"

"包这几个盒子用了多少时间?"依琳娜问。

"你们俩都是两分钟包一个。"德鲁说。

"把礼物拿去邮寄,要花多少时间?"我问。

德鲁计算了一下,答道:"一来一去56分钟,加上在邮局排队的时间,要71分钟。"

"那么,送别人一件礼物总共花多少时间?"

德鲁又计算了一阵:"2小时34分钟。"

我在每个孩子的可可杯旁放一页信纸、一个信封和一支笔。"现在请写谢柬。写明礼物是什么,说已经拿来用了,用得很开心。"

他们沉默构思,接着响起了笔尖在纸面上的声音。

"花了我们3分钟。"德鲁一面说一面把信封封好。

"人家选购一件情意浓厚的礼物,然后邮寄给你,所花时间也许超过两个半小时,我要你们花3分钟时间道谢,这难道是过分要求吗?"我问。三人低头望着桌面,摇摇头。

"你们最好现在就养成这习惯。早晚你们要为很多事情写谢柬的。"

德鲁叹了口气:"例如哪些事情呢?"

"例如别人请你吃晚饭或午餐,或者邀你上他家度周末。又或者你申请大学入学,或求职,别人花时间向你提供宝贵意见。"

"你小时候也写这东西吗?"德鲁问。

"当然。"

我想起了亚瑟老爷爷。他是我曾祖父最小的弟弟,家住马萨诸塞州,我从没见过他,可是每年圣诞节他都送我一份礼物。他双目失明,由住在隔壁的侄女贝嘉过来帮他开出一批5美元的支票,分别寄给每一个曾侄孙和玄侄孙。我每次都回信致谢,并且告诉他这5美元是怎么用的。

五、感动是一种养分

有温度的词汇

【艾 苓】

想起她很突然。当时我正在外地，每天像陀螺一样不停地旋转，在闹哄哄的餐厅里慢悠悠地吃饭对我来说已是最大的享受。那天我正独自吃着午饭，她仿佛就隔着一桌又一桌的人，隔着20年的时间走了过来。

她是我的同学李伟的母亲，我们只有过一面之缘。那次开家长会，来了五六十位家长，我和几个女生负责接待。十三四岁的女孩子实在不懂得如何接待大人，只是把家长迎进来，让座、倒水，稍有空闲，我们便凑在一起交头接耳地传递新闻。我记得其中一条是："李伟的妈妈是北京人，说话和咱们不一样，特别好听。"

我顺着她们的指点看过去，那是一位身材高挑的女人，衣着和发式都很普通，容貌也算不上漂亮，不过坐在那里就是显得与众不同。她偏偏没有说话，正在认真倾听另一位家长的高谈阔论。

我们那时还不知道有个词叫"鹤立鸡群"，我们用幼稚的眼光和自己掌握的词汇得出一致的结论——李伟他妈妈最有风度。

有一个女生倒水回来，脸颊红红的，她迫不及待地说："我倒水时你们猜李伟的妈妈说什么？"不等我们猜，她就告诉我们，"李伟的妈妈说：'谢谢。'"

我们几个人面面相觑。20年前，在这个边远的小县城，我们当中有谁用过、听见过"谢谢"？没有。有谁仅仅为倒水这么丁点儿小事说过"谢谢"？当然更没有。"谢谢"，是一个多么新鲜、多么温暖的词汇啊！

醒过神儿来，女生的倒水热情空前高涨，大家都争着抢着去

拿壶。另一个女生回来报告："是呀，我听见了，李伟的妈妈说：'谢谢。'"这是一个面色苍白的女生，因为激动面色红润起来，害羞的样子。

轮到我了，我竟有点儿心跳，李伟的妈妈面前的水杯已满，她轻轻地说了一句："不用了。"但我还是坚持着倒了一点儿，我清晰地听见她说："谢谢。"我脸红着摇摇头匆匆走开了，那时我还不会说"不客气"。

家长会后，瘦瘦高高的李伟成了女生羡慕的对象，大家都在想，她的家庭该是怎样幸福呀！

20年过去了，曾经窃窃私语的女孩子都已过了30岁，不知道她们会不会像我这样，在异地他乡突然想起那位仅有一面之缘的同学的母亲，但我知道从那时开始，她们和我一样，学着使用那个词汇。词汇是有温度的。

因为有了感谢之心，才能引发惜物及谦虚之心，使生活充满欢乐，心理保持平衡，在待人接物时自然能免去许多无谓的对抗与争执。

——松下幸之助

六、因为爱，所以温暖
LIU YINWEI AI SUOYI WENNUAN

盲人看 / 毕淑敏
因为爱，所以温暖 / 浪漫灰
生活对爱的最高奖赏 / 马 德
爱，让生命延伸 / 艾 新 金 平
88个新年祝福 / 王国华
改变一生的闪念 / 李阳波
乞丐 / 屠格涅夫
一碗牛肉面 / 唐顺瑛

感谢生命

盲 人 看

【毕淑敏】

每逢下学的时候,附近的那所小学,就有稠厚的人群。

在远离人群的地方,有个人倚着白毛杨,悄无声息地站着,从不张望校门口。直到有一个孩子飞快跑过来,拉着他说:爸,咱们回家。他把左手交给孩子,右手拄起盲杖,一同横穿马路。

多年前,这盲人常蹲在路边,用二胡奏着哀伤的曲子。他的技艺不好,琴也劣质,音符断断续续地抽噎,听了只想快快地远离。他面前盛着零碎钱的破罐头盒,永远看得到锈蚀的罐底。我偶尔放一点进去,也是堵着耳朵近前。后来,他摆了个小摊子,卖点手绢袜子什么的,生意很淡。一个晚上,我回家时一下公共汽车,黑夜就包抄过来。原来这一片儿突然停电,连路灯都灭了。只有电线杆旁,一束光柱如食指捅破星天。靠拢才见是那盲人打了手电,在卖蜡烛火柴,价钱很便宜。我赶紧买了一份,带着光明回家。

之后的某个白日,我又在路旁看到盲人,就气哼哼地走过去,说,你也不能趁着停电,发这种不义之财啊,那天你卖的蜡烛,算什么货色啊?蜡烛油四下流,烫了我的手。烛捻一点儿也不亮,小得像个萤火虫的尾巴。他愣愣地把塌陷的眼窝对着我:对不起,我……不知道……蜡烛的光……该有多大。萤火虫的尾巴……是多亮。那天听说停电,就赶紧批了蜡烛来卖。我如何知道黑了……难受。

我呆住了。那个漆黑的夜晚,即便烛火如豆,还是比完全的黑暗好了不知几多。一个盲人在为明眼的人操劳,我还不分青红皂白地责他,我好后悔。后来我好长时间没到他的摊子买东西。

六、因为爱，所以温暖

确信他把我的声音忘掉之后，有一天我买了一堆杂物，然后放下了50元钱，对盲人说，不必找了。我抱着那些东西，走了没几步，被他叫住了。大姐，你给我的是多少钱啊？我说，是50元。

见他先是平着指肚儿，后是立起掌根，反复摩挲钞票的正反面，我说，这钱是真的，你放心。他笑笑说，我从来没收过假钱。谁要是欺负一个瞎子，他的心先瞎了。我只是不能收您这么多的钱，我是在做买卖啊。

我知道自己又一次错了。

不知他在哪里学了按摩，经济上渐渐有了起色，从乡下找了一个盲目的姑娘，成了亲。一天，我到公园去，忽然看到他们夫妻相跟着，沿着花径走。四周湖光山色美若仙境，我想这对他们来说，真是一种残酷。闪过他们身旁时听到盲夫有些炫耀地问，怎么样？我领你来这儿，景色不错吧？好好看看吧。

盲妻不服气地说，好像你看过似的！盲夫很肯定地说，我看过，我常来看。

盲妻反唇相讥道，介绍人不是说你胎里瞎吗，啥时看到这里好景色呢？盲夫说，别人用眼看，咱可以用心看，用耳朵看，用手看，用鼻子看……加起来一点不比别人少啊。他说着，用手捉了妻子的指，沿着粗糙的树皮攀上去，停在一枝小的叶子上，说你看到了吗？多老的树，芽子也是嫩的。

后来盲夫妇有了果实，一个瞳仁亮如秋水的男孩。他渐渐长大，上了小学，盲人便天天接送。起初那孩子躲在盲人身后，跟着杖子走。慢慢胆子壮了，绿灯一亮，就跳着要跃过去。父亲总是死死拽住他，用盲杖戳着柏油路，让我再听听，近处没有车轮，我们才可以走……

终于有一天，孩子对父亲说，爸，我给你带路吧。他拉起父亲，东张西望，然后一蹦一跳地越过地上的斑马线。于是盲人第一次提起他的盲杖，跟着目光如炬的孩子，无所顾忌地前行。脚步提得高高，轻捷如飞。

感谢生命
GANXIE SHENGMING

因为爱,所以温暖

【浪漫灰】

一

一连三天,那个小女孩跪在繁华的商场前,膝下压一大张纸,密密地写着家庭困难、无力上学、请求资助一类的话。这样的事早已不新鲜,据说有的失学少女是三十多岁女人扮的。我每日经过她,但也只是经过而已。我赶着去商场附近的美食乐面包坊。大三的课不忙,我在那里做兼职,每天从18点到22点,一分钟不可以休息。

我钦佩靠辛勤打拼活着的人,堂堂正正,不卑不亢,我告诉自己也要这样活。我不喜欢被人施舍,也不喜欢施舍他人,我觉得这不关乎所谓的善良或者爱心,而是自尊。所以,我除了象征性地给了那女孩10元钱后,从没想过资助她。

北方的四月风依旧凉,黄昏落起了雨。路上行人匆匆回家,街道褪尽往日的繁华。女孩手里握着写满字的纸,站在空荡荡的商场前,无比孤单的样子。我不由多看她两眼。她亦看我,眼中闪着无助的泪光。一个看起来十一二岁的小女孩,用哀哀的眼神看着我,我心上泛起微微的疼。忽然,她开口:"姐姐,你能给我买个面包吗?"

二

我给她买了面包。她告诉我她叫于小童,12岁,住在鄂北山区一个我从未听过的地方。她说她家原来就穷,她读三年级时,奶奶生病瘫痪在床,爸爸干活的时候从山上摔下来,因为治得不

六、因为爱，所以温暖

及时，右腿被迫截肢。为筹备医药费，能借到的钱都借了，家里值钱的也都卖掉了，还是欠了二万多元的债。那时家里吃粮都得靠救济了，哪还有钱让她上学呢，她就辍学了，帮妈妈做本不属于她那个年龄做的事。

她说她一直想重新读书，后来听说有的孩子被大人领到城里，能赚很多钱，有人还能帮家里盖新房，她动了心，给家里留了字条就偷偷跟别的大人出来了。她说："我没想讨很多，只要讨够让我上学的钱就行。"

我问她："你觉得靠这种方法能有重新回去读书的一天吗？"她的眼神黯淡了，摇头说："讨来的钱每天必须全部交给带我出来的大人，她们说替我寄回家里，但我没看见她们寄过。"

关于黑心成人利用伤残和失学儿童进行乞讨的内幕，各种媒体都有曝光。于小童如果继续每日跪在街头乞讨，那么她想重新读书的梦想，或许就只能是梦想了，她的前途也将渺茫成一片空白。

我心一热，给了她300元钱，买张车票，把她送上返回的列车。但我没想长期资助她，一方面我没这能力，另一方面，我不十分相信她说的关于家里情况的话。

我一直觉得，老弱病残，灾难不断，只有故事里才有。

三

从未想过与于小童再有联系。

一个月后，一封感谢信从鄂北山区飞来，飞成校报的头条。彩色大标题：把爱送给山区孩子的大学生！旁边配我的照片，一脸勉强的笑。我很恼火，给我贴上爱心的金子，再闹到尽人皆知，想达到让我不得不继续资助的目的吗？不曾想小小的孩子竟如此狡诈！或者狡诈的是大人。我很气愤，给她回信，告诉她，我的学费也需我自己千辛万苦打工赚取，没有多余的钱资助她，让她以后不要再与我联系。

感谢生命

把信扔进邮筒的一刹那,我就后悔了——于小童只是感谢,并未写其他,也或者她真的只是感谢,不曾想学校会拿此事炒作。我又何必回如此口气冰冷的信?可想到把信取出来,似乎也不确定。

信还是邮走了。我心底盼于小童回信,她的辩解,她的诉苦,她的求助,都是让我良心平静的东西。

日历一页一页向后翻,于小童音信全无。夏天了,街上随处可见十二三岁的小女孩,快快乐乐的,咬着冰淇淋在报摊前翻漫画书。我想到于小童,她重新回到她梦想的学校了吗?她家里真像她说的那么困苦吗?她家里的情况,好转了吗?

午夜辗转难眠,我心生愧疚,我想起那个春雨的黄昏,她泪光点点的眼睛,楚楚可怜地望着我,那样一个脆弱的小女孩,我的信是否伤到她的心?

我决定暑假去鄂北山区,于小童的家乡,一方面为我的毕业论文选题寻找真实的素材,另一方面,看望于小童,也或者是检视她的家是否与她说的一致。

四

公共汽车停在一个小镇上,不再向前行驶,前面是崇山峻岭。而这里,离于小童的家还有40里。出租车司机一听去那里,全摇头,说跑一趟赚的钱都不够修车——路太难走了。最后好说歹说,才有一个司机肯去,条件是我加一半的价。

近黄昏,到了于小童居住的山坳。于小童的家比她说的几乎还要穷。破旧的泥草屋,屋内空空如也,只有一台很小的黑白电视,上面贴着某地捐助字样。全家四口人,只有她和她妈妈是身体健全的人。过度的劳累在她妈妈脸上碾出重重的痕迹,是沧桑,看见我的刹那,沧桑的脸上对我展露的,却是我在城市从未见过的最纯粹的笑容。

得知我的身份后,他们简直把我当恩人一样接待。想到我对他们的怀疑,我曾经的气愤,我隐隐脸红。

六、因为爱，所以温暖

第二日早晨，闻见扑鼻的香味。他们把唯一的一只鸡杀了。于小童妈妈说："这鸡，整日叫，吵死人，一直都要杀的。"我可记得，于小童以前曾与我说，家里的日用品，都是靠鸡生的蛋卖钱换来的。他们的一只鸡相当于我们的一份兼职，为了招待偶施小惠的一个人，牺牲掉财源，不知我们谁会做到？

我打了个喷嚏，她妈妈把她最好的衣服找出来给我披上。她嘱我多吃菜，说我这么瘦，如果在这儿吃不饱饿得更瘦，回去我妈妈该心疼了。我使劲忍住，没让眼泪掉下来。我没告诉他们，我很小的时候父母就离婚了，他们各自建立新的家庭，各自有了新的孩子。我上高中后就独立生活了，偶尔例行公事地去看他们，他们对我像对客人，生疏而客气。我从未想到，会在陌生的家庭，得到最真挚的温暖。他们也给我善良淳朴的最好诠释，让我明白"好人好梦"这个道理。

而我却曾一度轻视他们，认为他们试图不劳而获，骗取别人的同情和金钱。看到他们所处的环境后，我知道我错了。这里，最好的建筑是半山的希望小学。政府给孩子们免学费，还是有很多人念不起。

家里穷，读不起书，不是孩子的错，如果我们有能力帮，却不帮，是我们的错。

五

我告别于小童一家时，怎么都找不到于小童。我看看表，说不等她了。我刚要走，一个小孩跑来告诉："于小童挂在半山的树枝上了。"

我们急匆匆跟那个孩子跑到那个山上，离山顶很近的陡坡上长着几棵果树，零星地结着几个野果子，于小童挂在中间的一棵树枝上。她恐惧地大喊大叫，树枝被她压得摇晃着。虽然这不是悬崖，可也非常陡峭，摔下去后果不敢想象。大家的脸都吓白了，她爸爸让她妈妈赶紧找绳子和喊人。

来了很多人帮忙。大家把绳子的一端绑在石头上，另一端抛

感谢生命
GANXIE SHENGMING

下去，一个攀山好手顺着绳子滑到于小童身边，把她托到绳子上，小童被拉了上来。

我气坏了，觉得这孩子看起来像个小大人，却这样不懂事。我问她："你说，为这几个野果子让父母为你担惊受怕，让大家为你兴师动众，你不觉得惭愧吗？"于小童受惊地看我一眼，从兜里拿出野果子递过来："姐姐，我摘野果子是给你坐车的时候吃。"我顿时说不出话来。半晌，轻轻牵起于小童的手，摘下我的腕表，戴在她的手腕上。我知道她半夜时，偷偷抚摸我放在枕边的这块卡通表。

虽然于小童和她的父母极力拒绝，我还是坚持要资助于小童的学业，到高中，甚至大学。

列车奔驰，我的手似乎还留有于小童的余温，很暖，很柔，很细致。我感觉到血液里增加着新的成分，温暖，爱，帮助。当我们的手牵在一起的刹那，这些成分在我们之间绵延不断地传递，传递，再传递……

仅仅把弱者扶起来是不够的，还要在他站起来之后支持他。
—— 莎士比亚

只有爱才能使原子的力量造福人类，而非危害人类。
—— W.A.彼得森

六、因为爱,所以温暖

生活对爱的最高奖赏

【马　德】

　　多年前有一个鞋匠,在小城一条街的拐角处摆摊修鞋,寒来暑往,也说不清有多少个年头了。

　　有一个冬天的傍晚,他正要收摊回家的时候,一转身,看到一个小孩在不远处站着。看上去,孩子冻得不轻,身子微蜷着,耳朵通红通红的,眼睛直愣愣地盯着他,眼神呆滞而又茫然。

　　他把孩子领回家的那个晚上,老婆就和他怄了气。对于这样一个流浪的孩子,有谁愿意管呢?更何况,一家大小好几张嘴,吃饭已经是问题,再添一口人就更显困窘。他倒也不争执,低着头只有一句话:没人管的孩子我看着可怜。然后便听凭老婆唠唠叨叨地骂。

　　尽管这样,这孩子还是留了下来。鞋匠则一边在街上钉鞋,一边打听谁家走丢了孩子。

　　两年多的时间过去了,并没有人来认领这个孩子,孩子却长大了许多,懂事、听话而且聪明。鞋匠老婆渐渐喜欢上了这个孩子,家里再拮据,也舍得拿出钱来为孩子买穿的和玩的。街坊邻居都劝他们把孩子留下来,鞋匠老婆也动了心思。有一天吃饭时,她对鞋匠说:要不,咱们把他留下来当亲儿子养。鞋匠过了半晌没说话,末了,把碗往桌上一丢,说:贴心肉,他父母快想疯了,你胡说什么。

　　鞋匠还是四处打听,他一刻也没有放松对孩子父母的找寻。他求人写下好多寻人启事,然后不辞辛苦地贴到大街小巷。风刮雨淋之后,他又重新再来一遍。甚至有熟人去外地,他也要让人家带上几份,帮他张贴。他找过报社,没有人愿意帮这个忙,电

感谢生命

GANXIE SHENGMING

视台也没有帮助他的意思。他把该想的办法都想了，心中只有一个念头：一定要找到孩子的父母。

终于有一天，孩子的父母寻到了这个地方。他们只是说了几句感谢的话，就急匆匆地带着孩子走了，鞋匠并没有计较什么，只是一起摆摊的人都揶揄他，说他傻。他总是呵呵一笑，什么也不说。

生活好像真的跟鞋匠开了个玩笑，这之后便再没有了孩子的任何音信。后来，他搬离了那座小城，一家人掰着指头计算着孩子的岁数，希望长大了的孩子能够回来看看他们，但是，没有。再后来又数次搬家，直到他死，他也没有等到什么。

若干年后，一个小伙子因为帮助寻找失散的人成了名，他在互联网上还注册了一个专门寻人的免费网站。令人惊奇的是，网站竟然是以鞋匠的名字命名的。进入网站，人们看到，在显要位置上，是网站创始人的"寻人启事"。他要寻找的，就是很多年以前，曾经给过流落在街头的他无限关爱和帮助的那个鞋匠。

网站主页上，滚动着这样一句耐人寻味的话：当你得到过别人爱的温暖，而生活让你懂得了把这温暖亮成火把，从而去照亮另外的人的时候，不要忘了，这就是生活对爱的最高奖赏。

通过同情去理解并且感受别人的痛苦，自己也会变得内心丰富。

——茨威格

六、因为爱，所以温暖

爱，让生命延伸

【艾新 金平】

我听说白血病可以用骨髓移植的方式治疗还是在1999年5月，说有个患白血病的男孩终于等到一个和他骨髓相匹配的人，但那个人在最后的时刻却改变了主意……我看到这篇报道的时候，男孩已去了另一个世界。我不知道那个人心里有没有难过，如果没有勇气坚持到最后一刻，那他当初为什么去做？他怎么可以眼睁睁看着一个和自己有关的生命一点点离去而无动于衷呢？于是，我告诉自己，如果我遇到这样的事，我一定不会像那个人一样。

经过咨询和报名登记，1999年9月19日，我成为上海骨髓库第9000名志愿者。2000年年底，上海骨髓库的一封信寄到我家，说有个17岁男孩的骨髓和我的前三项指标匹配，要我做进一步检验。当时，我的心跳得好快，上天竟然真的给了我一次机会。

当我去再次检验的时候，医生告诉我，共有5个人匹配，只来了3个人，另外两人没有了音讯，而已检验完的那两人都没有完全配上。我的心很乱，只剩我一个人了，心底有个声音在不停地说："我是他的希望，唯一的希望！"焦急地等待了几天后，医院通知我，我们完全相配。我心底的一块石头终于落了地。

住院的日子被定下来。2001年2月26日，我进入病房打下了第一针，打的这种促生长因子是为了刺激造血干细胞大量产生并释放到外周血液，然后对血液进行体外分离，提取出其中的造血干细胞再输给患者。一般情况下，只需要分离一次就可以了，但也可能会有特殊情况，比如我。

从我开始打第一针时情况就不妙，一直到第四天，需要的造血干细胞并没有按计划成倍地生长出来。医生说我是个特例，所

感谢生命
GANXIE SHENGMING

以临时决定提前一天进行分离提取。因为如果不够的话，在时间上还能争取第二次分离。

这样，3月1日下午，在我没有任何心理准备的情况下，进行了第一次分离。那一夜，大家都焦急地等待结果，只有我睡得最安心。因为所有人都知道，如果提取出来的造血干细胞量不够，第二天必须再来一次。而且如果不够的话，那就意味着手术失败，那个男孩就会死去。但是，所有这些任何人都没有告诉我，因为他们想让我睡个好觉。

3月2日早晨，当看到护士长端着打针盘子又进来的时候，我明白了。于是，振作精神，朝大家笑笑，继续打针抽血……窗外是焦急等待着的我的亲人和那个孩子的亲人。

进行了一半时，进来一位高个子的男孩。他很健谈，在他陪我聊天中不知不觉时间过得很快。后来，医生告诉我，他也曾是个白血病患者，脾气特别坏，生气时拒绝一切药物，还打医生和护士。但那天，他很会关心人，看到我有痛苦表情时，就马上问我，是不是哪里痛。也许人在经历过生死瞬间后，都会改变很多，会更加珍惜自己的生命，也会更加珍惜和别人相处的日子。

造物主竟会安排得如此之巧，第二次手术做完时，时钟刚好过了零点。3月3日，是我的生日。我在心里暗暗祈祷，希望我的吉祥日可以给他带来好运。这个生日，我唯一的心愿是："希望我的生日，也可以成为他的生日。"还得等待，等待化验结果出来，因为最多只能做两次分离，如果这一次再不够……我简直不敢想象，真的好害怕。大概凌晨两点，门开了，男孩的父亲按捺不住内心的喜悦，几乎是冲到我面前："够了，完全够了……"我哭了，这么多天我一直没有哭过，可是那一刻我却哭了。我真的太开心了，因为我，那个男孩可以获得再一次的生命。

早晨6点，我偷偷跑到无菌病房外，隔着窗户，我第一次看到了他——那个17岁的男孩。护士告诉我，从我的血液里提取的造血干细胞全部输给他了，现在他刚睡着。我只看到他宽宽的背影，他睡得很安静。

六、因为爱，所以温暖

在住院的一个月里，所有人都对我付出了极大的关爱，无论是亲人还是朋友，甚至是不相识的人。记得那天，一个素不相识的阿姨激动地拉着我的手，说了好多话，眼角一直湿润着。因为她说的是方言，我没听懂。后来，我才知道她的儿子就在医院的另一个病房里，还没找到合适的配型。虽然我没听懂她说什么，但是我知道，她在替无菌舱里的那个男孩高兴，替他的家人高兴。那段日子，爱包围着我，令我快乐、令我感动，我像公主一样享受着这一切。我时常问自己：怎么可以得到这么多的爱？是谁给了我这样一个体验幸福的机会呢？

直到现在，每次想到有个生命因为我而存在，流着和我一模一样的血，我就很开心，觉得自己是世界上最幸福的人。我相信，很多人不是没有爱心，而是不知道用何种方式表达。所以我想告诉那些有爱心的人，如果你可以忍受打针的疼痛，相信你一定可以忍受骨髓捐献的疼痛。相比于能救助他人生命的快乐，这点痛苦是微不足道的。只要一点点勇气和努力，你就可以挽救一个人的生命、一个家庭的幸福。

在此，我祈愿会有更多的人勇敢一点，迈出那小小的一步。

> 没有哪个人是一个真正的孤岛，一个人既是而又不是孤岛。有时，他必须是世界上最坚固的孤岛，然后才能成为大陆的一部分。
>
> ——海明威

88个新年祝福

【王国华】

天已经黑了,外面的爆竹声越来越响。日历显示是2003年1月31日,星期五。我将在异乡度过第二个春节。

大学毕业后,我开始在各个城市之间漂泊,最初的满怀豪情逐渐退去,我不再想念家乡,不再对生活抱有幻想。得过且过的日子一天天从指尖滑过,我自己也不知道生活的终点会定格在什么地方。

迷迷糊糊睡了一觉,醒来,我很想找个人,哪怕是闲聊几句也行。可是找谁呢?这时候每个人都在与自己的家人团聚,我的电话也许会搅了人家的兴致,所以应该找与自己同样单身的男人。于是,我试着拨通一个朋友的电话。接电话的是苍老的声音:"找哪位?"我说了朋友的名字,那边愣了一下:"你拨错号码了。"我急忙道歉后挂了电话。

我仔细想了想,朋友的电话号码在我脑子里渐渐模糊起来。最后三位数字的顺序怎么也不能确定。于是我拨通另一个号码,电话那头十分喧闹,间或有几个孩子的叫声。

接电话的是个中年人:"对不起。我们这里没有这个人。不过祝你新年快乐!"

随着一阵电话忙音,我的脑袋"嗡"了一声——有人祝我新年快乐!

我再一次拨打重新组合的号码,这一次,接电话的是年轻的女孩。女孩告诉我:"你拨错了。"我没有立即挂断,而是说:"对不起。我是陌生人。祝你新年快乐!"对方发出一阵欢快的笑声:"这是我今年收到的最有趣的祝福。我把美好的祝福同样送给你!"

六、因为爱，所以温暖

我又一次拨通了第一次拨打的那个号码，对那位老人说："我是刚才打错电话的那个人。虽然我们不认识，但我祝你新年快乐！"老人笑了："小伙子，谢谢你。很高兴能与你一起分享这个春节。祝你新年快乐！"

送出了两份祝福，同时也收到了两份祝福。我开始疯狂地拨打电话，随手拨一个号码后，没等对方开口，我就说："我是陌生人。在这个辞旧迎新的日子里，祝你新年快乐！"无一例外地，我收到了同样的祝福。这个晚上，我一共送出去87个祝福，收到了88个祝福。这其中有一个是孩子的妈妈，那位妈妈向我发出祝福后，把身边的孩子也叫了过来："宝贝儿，来，祝你这位陌生的叔叔新年快乐。"

当听到孩子稚嫩的祝福时，我的眼泪流了出来。我感到，生活还没有抛弃我。新的一年，我要带着这88个祝福从容上路。

> 任何人自己都不是完整的；他的朋友是他的其余部分。
> —— 哈里·福斯迪克

> 同情，使软弱的人觉得这个世界温柔，使坚强的人觉得这个世界高尚。
> —— 阿诺德

改变一生的闪念

【李阳波】

那是一个老师告诉我的故事,至今都珍藏在我心里。

多年前的一天,这位老师正在家里睡午觉。突然,电话铃响了,她接过来一听,里面传来一个陌生粗暴的声音:"你家的小孩偷书,现在被我们抓住了,你快来啊!"从话筒里传来一个小女孩的哭闹声和旁边人的呵斥声。

她回头望着正在看电视的女儿,心中立刻明白过来,肯定是有个女孩因为偷书被售货员抓住了,又不肯让家里人知道,所以就胡编了一个电话号码,却碰巧打到这里。

她当时可以放下电话不理,甚至也可以斥责对方,因为这件事和她没任何关系。

但自己是老师,说不定她就是自己的学生呢?

通过电话,她隐约可以设想出,那个一念之差的小女孩,一定非常惊慌害怕,也许正面临着人生中最尴尬的境地。

犹豫了片刻之后,她问清了书店的地址,匆匆忙忙赶了过去。

正如她预料的那样,在书店里站着一位满脸泪痕的小女孩,而旁边的大人们,正大声斥责着她。

她一下子冲上去,将那个可怜的小女孩搂在怀里,转身对旁边的售货员说:"有什么事就跟我说吧,我是她妈妈,不要吓着孩子。"

在售货员不情愿的嘀咕声中,她交清了28元的罚款,领着这个小女孩走出了书店,并看清楚了那张被泪水和恐惧弄得一塌糊涂的脸。

她笑了起来,将小女孩领到家中,帮她好好清洗了一下,什

六、因为爱，所以温暖

么都没有问，就让小女孩离开了。临走时，她还特意叮嘱道，如果你要看书，就到阿姨这里，这里有好多书呢。

惊魂未定的小女孩，深深地看了她一眼，便飞一般地跑掉了，从此再也没有出现。

多年以后，她早已忘了这件事，依旧住在那里，过着平稳安详的生活。

有一天中午，门外响起了一阵敲门声。她打开房门后，看到了一位年轻漂亮的陌生女孩，满脸的笑容，手里还拎着一大堆礼物。

"你找谁？"

她疑惑地问，但女孩却激动地说出一大堆话。

好不容易，她才从那陌生女孩的叙述中听明白，原来她就是当年那个偷书的小女孩，已经大学毕业，现在特意来看望自己。

女孩眼中泛着泪光，轻声说道："虽然我至今都不明白，您当时为什么愿意充当我妈妈，解脱了我，但我总觉得，这么多年来，一直好想喊您一声妈妈。"

老师的眼睛也开始模糊起来，她有些好奇地问："如果我不帮你，会发生怎样的结果呢？"女孩轻轻摇着头说："我说不清楚，也许就会去做傻事，甚至去死。"

老师的心中猛地一颤。

望着女孩脸上幸福的笑容，她也笑了。

努力保持那胸中圣火——即称作良心的火花——久燃不息。

——华盛顿

感谢生命
GANXIE SHENGMING

乞 丐

【屠格涅夫】

我从街上走过……一个衰弱不堪的穷苦老人拦住了我。

红肿的、含泪的眼睛,发青的嘴唇,粗糙破烂的衣衫,龌龊的伤口……哦,贫困已经把这个不幸的生灵啃噬到多么不像样的地步!

他向我伸出一只通红的、肿胀的、肮脏的手……他在呻吟,他在哼哼唧唧地求援。

我摸索着身上所有的衣袋……没摸到钱包,没摸到表,甚至没摸到一块手绢……我什么东西也没带上。

而乞丐在等待……他伸出的手衰弱无力地摆动着,颤动着。

我不知道怎样才好,窘极了,我便紧紧地握住这只肮脏的颤抖的手……"别见怪,兄弟;我身边一无所有呢,兄弟。"

乞丐那双红肿的眼睛凝视着我,两片青色的嘴唇浅浅一笑——他也紧紧地捏了捏我冰冷的手指。

"哪里的话,兄弟,"他口齿不清地慢慢说道,"就这也该谢谢您啦。这也是周济啊,老弟。"

我懂了,我也从我的兄弟那里得到了周济。

世上的一切生物,既非孤立生存,亦非只为自身生存。

——威廉·布莱克

六、因为爱，所以温暖

一碗牛肉面

【唐顺瑛】

读大学的那几年，每逢双休日就在姨妈的小饭店里打工。不为生计，只是为了磨炼自己，体验一下生活。

记忆中，那是一个春寒料峭的黄昏。店里来了一对特别的客人——父子俩。说他们特别，是因为那父亲是个盲人：一张密布着重重皱纹的黝黑的脸上，一双灰白无神的眼睛茫然地直视着前方。他身边的男孩小心地搀扶着他。那男孩看上去才二十来岁，衣着朴素寒酸，身上却带着沉静的书卷气，是个正求学的学生。男孩把老人搀到一张离我收银台很近的桌子旁坐下。

"爸，您先坐着，我去开票。"男孩放下手中的东西，来到我面前。

"两碗牛肉面。"他大声地说着。我正要开票，他忽然又朝我摇摇手。我诧异地看他，他歉意地笑了笑，然后用手指指我身后的价目表，告诉我，只一碗牛肉面，另一碗要葱油面。我先是怔了一怔，接着恍然大悟。他叫两碗牛肉面是叫给他父亲听的，实际上是囊中羞涩，又不愿让父亲知道。我会意地冲他笑了，开出了票。他脸上露出了感激之情。

厨房很快就端来了两碗热气腾腾的面。男孩把那碗牛肉面移到父亲面前，细心地招呼："爸，面来了，小心烫着。"自己则端过那碗清汤面。

老人却并不急着吃，只是摸摸索索地用筷子在碗里探来探去，好不容易夹住了一块牛肉，就忙不迭地把肉往儿子碗里夹。

"吃，你多吃点。"老人慈祥地说，一双眼睛虽无神，脸上的皱纹却布满温和的笑意。

感谢生命

让我感奇怪的是,那个做儿子的男孩并不阻止父亲的行为,而是默不作声接受了父亲夹来的肉片,然后再悄无声息地把肉片夹回父亲碗中。周而复始,那父亲碗中的肉片似乎永远也夹不完。

"这个饭店真厚道,面条里有这么多肉。"老人感叹着。一旁的我不由一阵汗颜,那只是几片屈指可数又薄如蝉翼的肉片啊。

做儿子的这时趁机接话:"爸,您快吃吧,我的碗都装不下了。"

"好,好,你也快吃。"老人终于夹起一片肉片,放进嘴里慢慢咀嚼起来。儿子微微一笑,这才大口吞咽他碗里的面。

姨妈不知什么时候也站到了我的身边,静静地凝望着这对父子。这时厨房的小张端来了一盘干切牛肉,她用疑惑的眼神看着姨妈,姨妈努嘴示意,让小张把盘子放在那对父子的桌上。

男孩抬头环视了一下,见自己这一桌并无其他顾客,忙轻声提醒:"你放错了吧?我们没要牛肉。"

姨妈微笑着走了过去:"没错,今天是我们开业年庆,牛肉是我们赠送的。"

一听这话,我左顾右盼了一下,怕引起其他顾客的不满,更怕男孩疑心。好在大家似乎都没注意到这一幕。男孩也只是笑笑,不再提问。他又夹了几片牛肉放入父亲的碗中,然后把剩下的装入一个塑料袋中。

我们就这样静静地看他们吃完,然后再目送着他们出门。

这对父子走后,小张去收碗时,忽然轻声地叫起来。原来那男孩的碗下,还压着几张纸币,一共是六块钱,正好是我们价目表上一盘干切牛肉的价钱。一时间,我和姨妈都说不出话来,只有无声的叹息静静地回荡在每个人的心间。

很多年过去了,我一直不曾忘记这对父子相濡以沫的一幕。不知他们今天可好。那样的儿子一定能为父亲和自己营造出一份温馨的生活,这一点,我深信不疑。

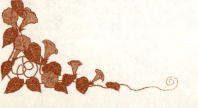

七、我们正在长大

QI WOMEN ZHENGZAI ZHANGDA

校长向我道歉 / H.索洛姆科
6岁那年的圣诞节 / 弗洛伊德·德尔
甜蜜世界 / 陈幸惠
半份礼物 / 罗伯特·巴里
钓鱼 / 法朗士
窗下的树皮小屋（节选）/ 冰波
卖眼泪的孩子 / 胡祁人
童年 / 罗大佑

校长向我道歉

【H.索洛姆科】

不知为什么,我在学校完全是另一个样子,老是捣蛋。以前我很笨,但从不做坏事。现在呢,我是个留级生,不但很笨,还是个流氓。我们班主任安娜就是这样说我的。

以前别人骂我时问:"你不害臊吗?"我埋下头说:"害臊……"可现在我会嬉皮笑脸地回答:"不!"我知道为人应该善良,但是在学校不可能善良,何况也不要求我这么做,只要求我听话。

班主任安娜走进教室,满脸不高兴的样子。我们站起来,身体挺得笔直。

"坐下!"安娜命令,"现在你们写作文。"

"今天的作文我不打分,因为这是《少先队真理报》的征文,题目是'如果我是一位教师'。"

"天哪,要是出错怎么办!""错误由我来检查、改正。"

"如果我不想当老师呢?"我坐在座位上问,"那怎么办?""安德烈,谁也不会请你去当老师的!"老师生气地说,"你完全可以不写!"但我还是随心所欲地写了,可能出了很多错。管它的!

我在作文中写道:学校不该像现在这个样子,而应完全相反。比如说这样:我来到学校,所有的老师看见我都很高兴!"你好,亲爱的安德烈!"他们一副满脸堆笑的样子。

"你们好!"我一边走自己的路,一边严肃地说,"叫校长到我这儿来!两天没看见他啦,是不是又跑出去玩了?""他在开会。"老师们替他辩解。

"我马上就会弄清楚他到底上哪儿去了!"我威胁道。

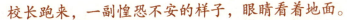

七、我们正在长大

校长跑来,一副惶恐不安的样子,眼睛看着地面。

"是你叫我吗,安德烈?""对,跟我到教室去!"我生气地点点头。我走进教室,他胆怯地在门口站住了。

"你瞧瞧,我为什么叫你来……你瞧,教师们又不遵守纪律了,在课堂上搞得很不像话。"

"又犯老毛病啦?"校长叹了一口气。

"你想想!昨天地理老师尤利雅管彼得叫'糊涂虫',难道你们的教学法就是这样?"校长难过地把双手一摊:"唉,安德烈,我给她说过无数次了。我简直拿她没办法!不过,你也要体谅她。她家中出了一件很不愉快的事……""算了……"我长叹一声,"与其在此哭丧着脸,不如好好钻研一下教育学。重要的是要做一个善良的人,要爱学生……""是的,爱学生。"他唯唯诺诺地答道,在我的示意下退了出去。

第二天是星期天。老远,我看见校长从学校出来,一边走,一边查看房子的门牌号码。当校长敲了敲我家的小篱笆门,走进院子时,我吓得急忙躲到桌子下面。

一定是来告状的。幸好我家没大人。

"安德烈!"校长在外面喊道,"如果你在家,就让我进来。"

"我读了你的作文!你听见了吗?"等了一会儿,他又喊道。

我没回答。有什么好谈的?他找的不是我,是我妈妈,是来告状的。

"安德烈!"他突然伤心地说,"我同意你的一些意见……你听见了没有……""反正我不开门!"我吼了一声。

"我自己以前也想过,"他轻轻地说,好像在自言自语,"是的,我的工作应该做得更好一些……孩子们跟我在一块儿才会觉得有意思,很平常……我们互相理解……我做过努力,但不完全成功……你懂吗?""关我什么事?"我在窗帘后面叹了一口气。

"就是关你的事!"他回答,"爱学生……叫别人怎么爱你?你谁也不需要。你活着,读你自己的书,别的一切对你都无所谓。你从旁边观察别人,嘲笑别人的弱点……跟你在一块儿心里都发

感谢生命
GANXIE SHENGMING

冷……""不错,"他突然说,"你在学校表现不好,这我也有责任,应该向你道歉。"

"我也想过,我们学校应该是全体学生的第二个家……"他坐在门口的台阶上,忧郁地抽着烟,不再像一个威严的校长,而只是一个普普通通的人。我打开门,走到台阶上,他往旁边挪了挪,我挨着他坐了下来。

> 葡萄汁尽管发酵得不成样子,最后总会成为美酒。
> ——歌 德

> 精神的浩瀚,想象的活跃,心灵的勤奋,就是天才。
> ——菲尔丁

七、我们正在长大

6岁那年的圣诞节

【弗洛伊德·德尔】

那年秋天，我穿着一双鞋底快要磨穿的鞋去上主日学校。有一次，校长将各个班级全都召集起来讲话，说这些日子人们的光景不太好，许多贫困的孩子甚至吃不饱肚子。我是第一次听说有这种事。校长号召大家在下个星期日从家里带些食品来接济那些穷孩子。

学校给每个孩子发了一个小信封，好让家长捐些钱放在里面让我们带回学校去。回家后，我就把学校通知的事情告诉了妈妈。紧接着的那个星期日，妈妈给了我一小袋土豆，让我带到学校去。我想，那些穷孩子的妈妈可以用它们来煮土豆汤。在我看来，土豆汤可是好东西。爸爸是个很幽默的人，时常装着吃惊的样子说："啊！我知道我们今天又能喝上营养丰富的土豆汤了！"

我扛着那一小袋土豆到了学校，四下环顾，寻找那些穷孩子。我感到很失望，因为我找不到他们。我只在故事中听说过穷孩子。老师叫我跟其他孩子一道把捐献的物品放到房间里的一张大桌子上。

我还随身带来了那个黄色小信封，里面装着些钱，是给那些穷孩子的。妈妈把钱放进去时将信封封了口。她不愿告诉我到底放进了多少钱，但我觉得出大约是几角银币。在去主日学校的路上，我用手按了按信封里的硬币，发现里面不是角币，而是几个分币。

但接下来的那个星期日，我就没有回去上学了。妈妈说是因为我病了。开学的那个星期，我的确患了感冒。我在排水沟里玩耍，打湿了双脚，因为鞋底有洞。爸爸用薄纸板为我剪了一双鞋底，我垫在鞋里。只要我呆在家里不出门，纸鞋垫还是管用的。

感谢生命

我被"囚禁"在家里,没有玩伴。我们家没订星期日报纸,只有一张地方周报。尽管我认不出那些细小的文字,但我看到上面印有圣诞老人和冬青花环的广告。

厨房里有日历,星期日和节假日都是红色字体。红色的"25日"是圣诞节。星期日我是知道的,因为每逢星期日,我就透过窗户,看到邻里的孩子衣着整洁地去上主日学校。而这年的圣诞节就排在星期一,我确知圣诞节就要到了。

可事情有些蹊跷!爸妈对过圣诞节的事闭口不提。我疑惑不解,也为此苦恼不堪。为什么他们要三缄其口呢?

圣诞夜到了。这个日子我不可能弄错。但爸妈还是只字未提。我跟他们一起吃晚饭,并获准在睡前可以多玩一个小时。我等着他们开口说话,可妈妈最后却轻轻地说:"你该去睡觉了。"我不得不开口了。

"今天是圣诞夜,不是吗?"我问,仿佛不知道一般。

爸妈相互凝视片刻,之后妈妈移开了视线。她脸色苍白,没有表情。爸爸则装出一副乐呵呵的样子,他清了清嗓子,假装说他不知道今天是圣诞夜,因为他一直都没看报纸了。他说他将进城去把事情搞清楚。

妈妈站起来走出了房间。我也不想看到爸爸那一副强装笑颜的样子,干脆起身去睡觉。我没有开灯,独自一人进了卧室,在黑暗中钻进被窝。

我感到浑身麻木,就像遭受了一场打击。我憋闷得呼不出气来,从头到脚一阵剧痛。躺在床上,我慢慢地明白了许多事情——为此我惊呆了。

我心灵的痛苦是继身体的痛苦之后来临的,这时我恢复了知觉。我开始明白,为什么那年秋天我只能带一小袋土豆去主日学校,为什么那个黄色的小信封里只装有少得可怜的几个分币,为什么我被迫辍学,为什么我一直没有新鞋穿,为什么接下来的整个冬天全家人都只能靠喝土豆汤来填肚子……

所有这一切一幕幕地在我的脑海里放映,显得意味深长。

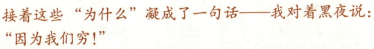

七、我们正在长大

接着这些"为什么"凝成了一句话——我对着黑夜说:"因为我们穷!"

这正是原因所在。我就是那些我曾为之感到难过的穷孩子中的一员。妈妈一直没有告诉我事情的真相。爸爸长期失业,我们根本没有钱。家里哪里还有庆祝圣诞节的气氛呢?

"我是穷人家的孩子!"我躺在黑暗中反复对自己说。我必须面对现实,适应目前的情况。

我曾经向爸妈索要过圣诞节礼物,我再也不会要了。我不再想要任何东西。

我感到一阵伤痛,却又仿佛什么都未曾发生过。第二天早上醒来,我觉得以前的一切不过是梦魇一场。这是我6岁那年的圣诞节,我没有悬挂任何长统袜,可当我睁开眼睛,我发现,床脚上却真切地挂上了一只。那是一袋爆玉米花和一枝铅笔,是爸妈送给我的圣诞节礼物。他们在我得知圣诞节到来时已经尽其所能。可他们不知道我此刻的心情,我真的什么都不再想要。

如果世上有地狱的话,那就在人们忧郁的心中。

——伯顿

只要一颗泪珠,就足以使整杯酒苦涩难尝。

——普希金

感谢生命
GANXIE SHENGMING

甜蜜世界

【陈幸惠】

小时候读过一则童话,讲一个男孩和一个女孩在森林中迷了路,他们一直走,终于找到一座用糖盖成的小屋。小屋的门是赤褐色的巧克力,窗户是薄而透明的水晶糖,屋顶是鲜红的菱形糖块。

这样一座全糖精致的屋子,一直矗立在我早年敏感好奇的思维世界里,其他故事中的森林、城堡、花园、宫殿,都为之黯然失色。我常常煞有介事地设想那男孩和女孩撕下一点屋顶,敲碎一块玻璃,送进嘴里,任那甜丝丝的感觉,在唇舌之间漾开,然后周流全身。

我是一个爱糖的人。妈妈装糖果的玻璃罐高放在厨房的木架之上,搬椅子也够不着。童年时为了吃妈妈收存在玻璃罐里或大或小、或圆或方、或透明或夹心的糖果,我做了许多悲壮的牺牲,甘心放弃和邻居小孩在沙堆上打滚的乐趣;甘心背那枯燥乏味的九九乘法表;甘心吃那可恨的胡萝卜;甚至,甘心带着碍手碍脚的妹妹去和男生赛跑。

妈妈的糖果罐原是香港的叔叔送来的礼品,里面装着英国制的什锦太妃糖,包装非常讲究。罐上本来还贴着一张彩色图片,几个维多利亚时期的贵妇,穿着华丽多褶的长裙,握着长柄碎花小伞在宫廷花园散步,轻声谈笑。春日的花园绿荫覆地。对那糖果罐的想望,竟让我初尝浪漫的滋味。

因为爱吃糖,连带对糖果纸,我也充满感情。一张一张的玻璃纸,我把它们留下来,夹进妈妈的大辞典里。有时,日影稀薄的午后,一个人在绿纱窗前,忽然涌起淡淡的寂寥。我从床下取

142

七、我们正在长大

出百宝盒，把那一张张有颜色的糖果纸自盒中取出，覆贴在眼睛之上，认真地去看熟悉的世界，被染成深深的枣红，艳艳的橙黄，阴阴的墨蓝，或清清的苹果绿。我心里充满欢乐与惊喜。

太妃糖吃光后，设想周到的妈妈便从来没有让玻璃罐空过。有时罐里是五颜六色的水果糖，或者是奶油的白脱，有时候是巧克力球、棒棒糖和黑白芝麻的交切片。而因为有糖吃，我总是欢欢喜喜、开开心心地笑着，笑这世界，有许多甜蜜、许多芬芳、许多色彩。

二十年光阴悄然飞逝，由于医生的吩咐，我已经有很长时间没有吃过一颗糖了。不过，每次到超级市场，我仍然喜欢在摆着各色糖果的摊架前流连，心底充满无比的喜悦。一颗小巧鲜明的糖粒，竟那样具体地浓缩着幸福！人生虽有辛酸苦涩，但我仍对那点点滴滴渗入生活中的光明独具信心，只因为甜蜜是我对这个世界的最初印象。

> 如果是玫瑰，它总会开花的。
> ——屠格列夫

> 万物皆有它们自己的季节，美好的事物也不例外。
> ——蒙田

半份礼物

【罗伯特·巴里】

那一年我10岁，我哥哥尼克12岁，这一年的母亲节，我们要各自送给母亲一份儿礼物。

这是我们送给她的头一份儿礼物，我们是穷人家的孩子，要买这样一份儿礼物，可就非同寻常了。好的是我和尼克都很走运，出去帮人打杂儿都挣了一点儿外快。

我们把这事对父亲说了。他听了得意地抚摸着我们的头。

"这可是个好主意，"他说，"它会让你们的母亲高兴得合不上嘴的。"

母亲一天到晚操劳不停，而且对于这一切活儿都毫无怨言。她很少笑。不过，她要笑起来，那可就是不负我们盼望的赏心乐事。

"请您把这件事告诉母亲，"尼克对父亲说，"这样她就可以乐呵呵地想着它了。"

此后的几天里，我们和母亲都在满心高兴地玩着这个神秘的游戏。母亲干活儿时满面春风——她假装着什么也不知道，但脸上却总是挂着笑容。我们家里充满了爱的气氛。

我经过再三考虑，最后买了一把上面镶有许多光闪闪小石子儿的梳子，尼克很赞赏我的礼物，但却不愿说出他买的是什么。

第二天早上，母亲正跪在地上，显得疲惫不堪地擦洗着地板。她用我们穿烂了的破衣片，一点一点地把地板上的脏水擦去。这是她最讨厌干的活儿。

尼克拿着他的礼物过来了，母亲一看到他的礼物，顿时脸色煞白，尼克的礼物是一只带有绞干器的新清洗桶和一个新拖把！

七、我们正在长大

"一只清洗桶,"她说着,伤心得几乎语不成句,"母亲节的礼物,竟然是一只……一只清洗桶……"

尼克的眼睛里涌出了泪花。他默然无语地拿上清洗桶和拖把向楼下走去。我也跟着他跑了去。他在哭着。我也哭了。

我们在楼梯上碰到了父亲。因为尼克哭得说不出话来,我便向父亲说明了事情的原委。

父亲说:"这是一份儿很了不起的礼物,我自己应该想到它才对哩。"

我们又回到楼上,母亲还在厨房里擦洗着地板。

父亲二话没说,用拖把吸干了地上的一摊水;然后又用清洗桶上附带的脚踏绞干器,轻快地把拖把绞干。

"你没让尼克把他要说的话说出来。"他对母亲说,"尼克这份儿礼物的另一半儿,是从今天起由他来擦洗地板。是这样吗,尼克?"

尼克明白了其中的道理,羞愧得满面通红。"是的,啊,是的。"他声调不高但却热切地说。

母亲体恤地说:"让孩子干这么重的活儿是会累坏他的。"到了这个时候,我才看出了父亲有多么聪明。他说:"用这种巧妙的绞干器和清洗桶,活儿便不会怎么重,这样你的手就可以保持干净,你的膝盖也不会被磨破了。"父亲说着,又敏捷地示范了一下那绞干器的用法。

母亲伤感地望着尼克说:"唉,女人可真蠢啊!"她吻着尼克。尼克这才感到好受了一些。

接着,父亲问我:"你的礼物是什么呢?"

尼克望着我,脸色全白了。我摸着衣袋里的梳子,心里想:若把它拿出来,它会像尼克的清洗桶一样,仅仅只是一只清洗桶。就是说得再好,我的梳子也只不过是镶了几块像钻石一样闪亮的石子儿罢了。

"一半儿清洗桶。"我悲苦地说。尼克以同情的目光望着我。

145

钓 鱼

【法朗士】

早晨,热昂准时和他的妹妹热昂妮出发了。他的肩上扛着一根钓竿,臂上挂着一个鱼篓。这正是假期,学校已经关门了。他们沿着河岸往前走。热昂是杜林人,他的妹妹也是一个杜林姑娘。下面的河流也是杜林河,它在一个湿润的、柔和的天空下,在两排银色的杨树中间,不慌不忙地向前流,水清得像镜子。早晨和晚间,这里总有一层白雾在水草地上移动。但热昂和热昂妮所喜爱的并不是它两岸的绿色,也不是那映着天空的一平如镜的清水。他们所喜爱的是河里的鱼。他们在一个合适的地点停下步子,热昂妮在一棵秃顶的杨树下坐下来。热昂把鱼篓放在一边,就解开他的渔具。这是一件很原始的钓鱼工具——一根枝条,系上一根线,线的尽头有一根弯过来的针。枝条是热昂提供的,线和钩子则是热昂妮的贡献。因此这一套渔具是哥哥和妹妹的共同财产。双方都想占有这一套工具。这一套本来是同鱼儿开玩笑的东西,不料在这和平安静的河边竟成了矛盾的根源。哥哥和妹妹为争取自由使用鱼竿和钓丝的权利而斗了起来。热昂和热昂妮约定,每次钓起一条鱼,钓竿就得轮流从一方手中转到另一方的手中来。

约定由热昂开始执行。可是他执行到什么时候为止,那可就无法预测了。他没有公开破坏约定,但他却用了一个很不光彩的办法来逃避履行责任。为了不把鱼竿交给他的妹妹,即使鱼儿把食饵啃得浮子上下移动,他也不想把鱼儿抽出水来。

热昂是诡计多端的,但热昂妮对此却很有耐心。她已经等待了两个钟头了。但最后她终于感到闲得发慌了。她打哈欠,伸懒腰。只好躺在杨树荫下,闭起眼睛来。热昂从眼角斜斜地望了她

七、我们正在长大

一眼,以为她睡着了。他突然把线抽出水面,线尾上悬着一件闪闪发光的东西。一条白杨鱼已经挂在钩子上了。

"啊!现在轮到我了。"他后面有一个声音叫起来。

热昂妮把钓竿抢过来了。

> 有些人的生命像沉静的湖,有些像白云飘荡的一望无际的天空,有些像丰腴富饶的平原,有些像断断续续的山峰。
>
> ——罗曼·罗兰

> 没有任何事情比适当地扮演人这一角色那样美好与合理,也没有任何学问比懂得如何度过此一生那样艰巨和自然。
>
> ——蒙田

窗下的树皮小屋（节选）

【冰 波】

是葱绿的草丛泛黄的时候；
是落叶在地上翻滚的时候；
是秋雨和黄昏一同降临的时候；
在女孩家的窗下，在一片枯黄的落叶下面，流出了断断续续的音乐。

这是名叫吉铃的蟋蟀在演奏。他在为女孩演奏。

可是……这真是吉铃的演奏吗？

这音乐，失去了夏夜的丰满和轻盈；这旋律，失去了夏夜的流畅和婉转。许多不和谐的颤音，漂浮在旋律中，游离在节奏里。突然出现的停顿，会让人感到空气也被凝固了。

女孩真不敢相信：这是梦吧？吉铃的演奏不是这样的呀！他在夏夜的演奏多么美……她轻轻推开门，循着音乐找去。她揭起了那片枯叶。

"啊，真是吉铃！"

在枯叶下避雨的吉铃，油亮的黑袍上，沾满了细细的水珠。他的细长的触须无力地低垂着，不再像往日那样神气地抖动。他的身子也在微微颤抖。这一切，是因为冷吗？

女孩把吉铃捧在手心里，轻轻贴在温暖的脸颊上。

"吉铃啊吉铃，冷成这个样子，你还要演奏……"

吉铃看到了女孩的眼睛。白里透蓝的眼白，多像夏天晴朗的天空；黑里透亮的瞳仁，多像夏夜深远的星空。

"可是，夏天永远过去了，秋天来了……"

吉铃的心里，升起一阵悲哀。

七、我们正在长大

穿着绿色连衫裙的蚂蚱姑娘飞来了,像一片绿叶,飘落在女孩的手上。

提着绿色小灯的萤火虫姑娘飞来了,像一颗小小的流星,掉落在女孩的手上。

"吉铃,我冷……"蚂蚱靠在吉铃的身旁。

"吉铃,我怕……"萤火虫靠在吉铃的身旁。

他们的触须默默地碰在一起。是啊,秋天,可怕的秋天已经来了。真冷啊……

"嘻嘻,"女孩笑了,小嘴像花朵一样开放,"我要给吉铃做一间小屋,又挡风,又避雨,嘻嘻!"

女孩灵巧的双手忙着,站在雨里,给吉铃做小屋。

雨,淋湿了她的衣服和头发。

啊,好啦!女孩做了一个多么精巧、漂亮的小屋啊!

屋顶,是用长着青苔的松树皮做的;墙壁,是用细细的柳枝编的;门,也是用细细的柳枝编的;两个窗子,是用两片树叶做成的。

女孩把吉铃捧在手心里,眼睛里闪着兴奋的光。

吉铃看到,雨珠在女孩头发上滴落,也在她的睫毛上滴落。她那长长的睫毛,是她眼睛的屋檐吗?

女孩说:"我们就叫它吉铃的树皮小屋吧。"

吉铃的树皮小屋?这么说,吉铃有了一个小小的家,再也不怕风,再也不怕雨啦?

吉铃细长的触须,在女孩的脸颊上打扫着,表达他深深的感激。

"真痒。"女孩笑了,"快进你的树皮小屋吧,吉铃。"

女孩把吉铃送进了树皮小屋。

蚂蚱飞进了树皮小屋,像一片欢乐的绿叶。

萤火虫飞进了树皮小屋,像一颗快活的流星,女孩悄悄离开了。秋雨,还在下。

女孩甩一甩头发上的雨珠,在心里说:雨呀,你下吧,吉铃

感谢生命

他们再也淋不着啦……

像乐队里一声声清脆的鼓点；

像钢琴上一个个轻弹的音符；

雨点儿，打在树皮小屋的屋顶上。

丁冬，丁冬……

吉铃的心陶醉了：单调的、烦人的秋雨，在树皮屋顶上，奏出了多么好听的音响。

蚂蚱展开她的绿色连衫裙，萤火虫摇晃起她的绿色小灯，合着雨点的节奏，翩翩起舞。

吉铃展开他的膜翅，在秋雨的伴奏下演奏。

像茫茫黑夜里一盏游动的灯；

像冰天雪地里一团跳跃的火；

迷人的旋律，在潮湿的空气里萦回，飘荡……

> 只有怜悯心和爱心才能揭示人生的奥秘。
> ——爱默生

> 生活在大自然中的人一个星期里形成的心灵上的交流与亲近，胜于上流社会的人花十年时间建立起的这种感情。
> ——拉马丁

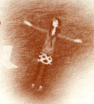

七、我们正在长大

卖眼泪的孩子

【胡祁人】

朋朋是个好哭的孩子。他老是吵着要买这买那,爸爸妈妈不给他买,他就哭。

有一回,妈妈带朋朋上街,朋朋看到一辆玩具车,就想要。妈妈对他说:"家里不是有吗?不能再买了。"朋朋不乐意了,哭着不肯走,眼泪像珍珠一样吧嗒吧嗒直掉。妈妈连拉带拖,好不容易才把朋朋拽回家。到了家门口,朋朋还在哭闹,不愿进去。妈妈一生气,自己进屋干活儿去了。朋朋一个人在门口哭啊哭,哭了好长时间也不愿进家。

忽然,朋朋好像听到有人在喊:"买眼泪喽!谁有眼泪卖啊?"朋朋顿时停住了哭声,仔细一听,是一位老爷爷的声音:"买眼泪喽!谁有眼泪卖啊?"

"眼泪也能卖啊?我如果把眼泪卖掉,不就有钱买玩具车了吗?"朋朋高兴起来,立刻朝叫喊的方向跑去,果然看见一位戴着草帽,满脸胡子的老爷爷。

"老爷爷,我要卖眼泪,您出什么价钱?"朋朋问。

"一块钱一滴!"老爷爷回答。

"哇,一块钱一滴!"那玩具车要二十块钱,于是,朋朋对老爷爷说:"老爷爷,我卖二十滴眼泪。"

老爷爷连忙拿出一个瓶子,叫朋朋开始哭,朋朋又呜呜地哭起来,把淌出的眼泪装到瓶子里,老爷爷一边拿着瓶子,一边数:"一滴,两滴……"一直数到二十滴,老爷爷把瓶子收好,给了朋朋二十块钱,说:"以后,你如果还要卖眼泪,只要喊一声'卖眼泪喽',然后开始哭,我就会来了。"

感谢生命

朋朋拿到钱高兴极了，一个人跑到街上，买回了那辆玩具车。朋朋玩儿着玩儿着，想起了在商场里看到一辆滑板车，爸爸妈妈嫌贵没给他买，现在好了，自己可以卖眼泪挣钱，不用求爸爸妈妈了。于是，朋朋又大喊一声："卖眼泪喽！"然后就哭起来。

果然，那位老爷爷拿着瓶子来到朋朋跟前，朋朋又卖了三百多滴眼泪，换来了三百多块钱。朋朋拿着钱，立刻买来了滑板车。

朋朋有了滑板车，又想买金刚恐龙，要五千多块钱呢！这有什么关系？大不了多哭一会儿，卖五千多滴眼泪不就行了吗？于是，朋朋又喊来老爷爷，使劲儿哭，一直哭了三天三夜，才哭出五千多滴眼泪，朋朋又买回了金刚恐龙。

哇，卖眼泪挣钱，多好啊！以后自己想买东西，再也不用求爸爸妈妈了，就这样，朋朋不停地哭，不停地卖眼泪，不停地给自己买东西。

可是，过了不久，朋朋忽然发现眼睛睁不开了！无论他怎么使劲儿都不行。朋朋着急了，自己会不会变成瞎子啊？他想，得赶紧把老爷爷喊来，最后卖一次眼泪，花钱把眼睛治好。于是，他喊了一声："卖眼泪喽！"就又开始哭，可是，这回真的要哭时，却一滴眼泪也没有。原来，眼泪都已经流光了！

不过，老爷爷还是拿着瓶子来了："小朋友，你还有眼泪要卖吗？"

朋朋难过地说："我的眼睛看不见了，我想再卖些眼泪来治疗眼睛。可现在，一滴眼泪也流不出来了，怎么办呀，老爷爷？"

"孩子啊，"老爷爷摸着朋朋的头说，"其实眼泪是不可以随便卖的，小孩子也不能动不动就哭，否则，大人就不喜欢你啦。来，我把眼泪还给你吧！"说着，拿起瓶子往朋朋眼睛里倒眼泪，别看瓶子小，可朋朋卖的眼泪全在里面。朋朋骨碌转几下眼珠儿，顿时觉得眼前一亮，啊，又能看见东西了！

咦，老爷爷怎么没了？眼前站的却是妈妈！再扭头看看，朋

朋还在家门口呢！原来，朋朋哭着哭着，就坐在地上睡着了，刚才只是做了一个梦。不过，后来，朋朋再也不随便哭了，也不再吵着乱要东西了。

虚掷的青春是一种痛苦，是一种永远憧憬的源头。

——亨 特

灵魂是一种令人敬畏的真实存在。它能买卖，它可以为个人利益而出卖交换。它也会中毒腐烂，也可以改过自新。

——王尔德

童 年

【罗大佑】

池塘边的榕树上知了在声声叫着夏天，草丛边的秋千上只有蝴蝶停在上面，黑板上老师的粉笔还在拼命叽叽喳喳写个不停，等待着下课等待着放学等待游戏的童年。

总是要等到睡觉前才知道功课只做了一点点，总是要等到考试后才知道该念的书都还没有念，一寸光阴一寸金老师说过寸金难买寸光阴，一天又一天一年又一年迷迷糊糊的童年。

没有人知道为什么太阳总下到山的那一边，没有人能够告诉我山里面有没有住着神仙，多少的日子里总是一个人面对着天空发呆，就这么好奇就这么幻想这么孤单的童年。

阳光下蜻蜓飞过来一片片绿油油的稻田，水彩蜡笔和万花筒画不出天边那一条彩虹，什么时候才能像高年级的同学有张成熟与长大的脸，盼望着假期盼望着明天盼望长大的童年。

一天又一天一年又一年盼望长大的童年。

毕生不脱稚气的人，也是不合时宜的。

——培根

八、多彩的生命

BA DUOCAI DE SHENGMING

琥珀珠 / 刘兴诗
贝壳 / 席慕容
蚂蚁的伟大 / 流 沙
被带到悬崖的鹰 / 王 新
美丽的接触 / 刘第红
森林与草原（节选）/ 屠格涅夫
旅鼠 / 桑内斯
树叶 / 大卫·米德

琥 珀 珠

【刘兴诗】

海潮卷着雪白的浪花，一阵阵冲到沙滩上。

潮水退了，沙滩上留下许多美丽的贝壳、海藻和珊瑚沙。这是大海爷爷的礼物，每天都有不少冲带到沙滩上。

一个孩子跑来，他要挑选一个最好的礼品，放进爱科学小组的展览室。

白色的海螺，太平凡了；红色的珊瑚沙，可惜已破碎了；五彩斑斓的扇贝，外表虽美丽，却没包含什么寓意……

忽然，一颗透亮的黄色珠子映进了他的眼睛。它是这样的浓黄，黄得像晚秋浸过霜的菊花瓣；又是这样的透明，太阳光一射，整个珠子都变得亮晶晶的。它具有一个水滴状的外形，仿佛是大海刚洒下的一滴泪珠。

奇怪的是，这颗黄得透亮的珠子里还有一只小蜜蜂。是谁的巧手描绘的吗？不！它不是假的。头儿，腿儿，薄薄的翅膀，全是好好的。

好像一阵微风吹来，翅膀还会轻轻扇动似的。

孩子感到很奇怪。这是一颗罕见的珍珠，还是海龙王皇冠上的宝石？为什么里面藏着一只小蜜蜂？难道海底真有一个百花争艳、蜂蝶纷飞的神秘花园？

"不，它不是珍珠，也不是海底的宝石。"海水波荡着，在孩子耳畔轻声絮语，"这是一颗琥珀。关于它，有一段故事……"

三千万年前，这儿有一个小岛，岛上长满了青翠的松林，还有许多好看的花。这儿的花蜜有一种奇妙的作用。谁要是伸出舌头尝一下，老人立刻就能变得年轻，垂死的病人也能马上恢复健

八、多彩的生命

康。

那时,在很远的地方,有一群蜜蜂,酿了许多花蜜,日子过得非常快活,想不到有一群凶恶的马蜂飞来,抢了它们的花蜜,占据了它们居住的蜂巢。小蜜蜂英勇地抵抗,虽然最后赶走了敌人,但许多蜜蜂都牺牲了。有的受了重伤,生命危在旦夕。

一只小蜜蜂打听到这儿有奇妙的花蜜,可以挽救伙伴们的生命,便飞来寻找。

从家乡到海边,很远、很远。要飞过三十三座高山,九十九条大河。天上有许多捕食昆虫的鸟儿,树枝上张挂着一幅幅陷阱似的蜘蛛网。一不小心,就会丢掉性命。

小蜜蜂为了搭救伙伴,日夜不停地飞。飞过许多积雪的高山和宽阔的大河。它机智地钻进云雾,躲开鸟儿锐利的眼睛;绕过暗沉沉的树林,避开一张张预兆不祥的蜘蛛网,终于飞到了海边。这时它已经累得筋疲力尽了。

迅疾的海风比山风更猛烈,汹涌的海面比大河更宽阔。从来没有一只小昆虫敢往这儿飞,只有矫健的海鸥才能在这儿自由地翱翔。

这时,我卷起一阵波浪,在下面呼唤它:"回去吧!小蜜蜂,海风会把你吹下来的。"

"不!"它扇着翅膀回答说,"我要去采岛上的花蜜,只有它才能挽救伙伴的生命。"

"你歇一会儿吧!瞧你已经快要没有力气了。"我又卷起一阵比先前更大的波浪,水声哗哗地警告它。

"不!时间快要来不及了,我要赶在死神前面采好花蜜飞回故乡。"它昂着头用力飞着,越飞越高,终于飞到小岛上,采到了活命的花蜜。

可是,就在它往回起飞的刹那间,不小心撞上了一棵老松树,恰巧一脑袋撞进沿着树干往下淌的一滴松脂里。又黏又稠的松脂胶住了它细弱的腿儿和薄薄的小翅膀,用尽了气力也挣扎不出来。

我远远看见这件不幸的事,心里非常着急。连忙鼓起一排巨

157

浪，冲到松树脚下的岸滩上，放声呼喊："小蜜蜂，快吸一口花蜜！你就会重新飞起来。"

"不！那是伙伴们的救命药，我不能……"

透明的黄色树脂沿着松树干往下流淌。小蜜蜂的话来不及说完，就被完全包进去了。树脂慢慢滴落下来，落进树边的沙地里。经过了许多年月，终于凝成了这颗亮光闪闪的琥珀。

又过了许多年月，海岸慢慢坍塌，整个小岛连同那颗包裹着小蜜蜂的琥珀珠，一起落进了我的怀抱。我怀恋着这只勇敢的小蜜蜂，始终把它珍藏在心底里。今天你来寻找纪念品，就吐出来送给你……

蓝色的大海翻滚着，吟唱着，潮水一阵阵地冲上沙滩，仿佛奏起了动人的音乐，还在歌唱三千万年前的那只小蜜蜂。

孩子把这颗黄澄澄的琥珀珠拾起来，放在手掌上仔细观看。

"是的，这是一件有意义的纪念品，既有科学研究的价值，又歌颂了勇敢的牺牲精神。我要把它送到爱科学小组的展览室里去。"

花朵落尽了所有的花瓣，便发现了它的果实。

——泰戈尔

八、多彩的生命

 # 贝 壳

【席慕容】

在海边，我捡起了一枚小小的贝壳。贝壳很小，却非常坚硬和精致。回旋的花纹中间有着色泽或深或浅的小点，如果仔细观察的话，在每一个小点周围又有着自成一圈的复杂图样。怪不得古时候的人要用贝壳来做钱币，在我的手心里躺着的实在是一件艺术品，是舍不得和别人交换的宝贝啊！

在海边捡起这一枚贝壳的时候，里面曾经居住过的小小柔软的肉体已死去，在阳光、沙粒和海浪的淘洗之下，贝壳中的生命所留下来的痕迹已经完全消失了。但是，为了这样一个短暂和细小的生命，为了这样一个脆弱和卑微的生命，上苍给它制作出来的居所却有多精致、多仔细、多么的一丝不苟呢！

比起贝壳里的生命来，我在这世间能停留的时间和空间是不是更长和更多一点呢？是不是也应该用我的能力来把我能做到的事情做得更精致、更仔细、更加的一丝不苟呢？

请让我也能留下一些令人珍惜、令人惊叹的东西吧。

在千年以后，也许也会有人对我留下的痕迹反复观看，反复把玩，并且会忍不住轻轻地叹息：

"这是一颗怎样固执又怎样简单的心啊！"

蔷薇常在荆棘中生长。
——萨　迪

蚂蚁的伟大

【流 沙】

有时我会对一只蚂蚁产生敬重。

在缀满苔绿的墙脚,一只蚂蚁匆忙地赶路,它爬过了几块顽石,绕过了在它眼里也许是"湖泊"的几小片水渍。这时候,它发现了一颗米粒,那是一个小孩不小心掉下的,它显得很激动。

蚂蚁拖着米粒开始上路了,可是"湖泊"太多,它拖着米粒绕着"湖泊"走了很长时间才移动了几厘米。我在水渍上架上一个小木片。然后把它连同米粒一起拨到了木片上。蚂蚁有些惊慌,四处寻找出路,但很快又找到了原路,然后又回来搬它的米粒。这只小蚂蚁竟然不需要其他人的帮助。

对于一只十分固执的搬米粒的蚂蚁,我为之动容。

在一篇文章里,我还看到一则关于蚂蚁生存的故事。野火烧起来了,蚂蚁如何逃生呢?众多的蚂蚁迅速聚拢,抱成一团,然后像滚雪球一样飞速地逃离火海,但是往往只有最里面的蚂蚁才能逃生。

读这段文字的时候,我为这卑微的力量而唏嘘。我仿佛听到野火中外层蚂蚁的劈里啪啦的焚烧声。

蚂蚁实在太渺小了,但是恰恰是这卑微的蚂蚁,让人把生命看得严肃。生命的卑微并不可怕,有时也决定不了什么,可怕的是我们懈怠了精神。

蚂蚁虽小,但它的精神催人自省。

八、多彩的生命

被带到悬崖的鹰

【王 新】

有一个乡下的老人在山里打柴时，拾到一只样子怪怪的鸟，那只怪鸟和出生刚满月的小鸡一样大小。也许因为它实在太小了，它还不会飞。老人就将这只怪鸟带回家给小孙子玩。

老人的小孙子很调皮，他将怪鸟放在小鸡群里，充当母鸡的孩子，让母鸡养育着。母鸡果然没有发现这个异类，全权负起一个母亲的责任。

怪鸟一天天长大了，后来人们发现那只怪鸟竟是一只鹰，人们担心鹰再长大一些会吃鸡。然而人们的担心是多余的，那只一天天长大的鹰和鸡相处得很和睦，只是当鹰出于本能在天空展翅飞翔再向地面俯冲时，鸡群出于本能会恐慌和骚乱。

时间久了，村里的人们对于这种鹰鸡同处的状况越来越看不惯，如果哪家丢了鸡，首先便会怀疑那只鹰，要知道鹰终归是鹰，生来是要吃鸡的。愈来愈不满的人们一致强烈要求：要么杀了那只鹰，要么将它放生，让它永远也别回来。因为和鹰相处的时间长了，有了感情，这一家人自然舍不得杀它。他们决定将鹰放生，让它回归大自然。

然而他们用了许多办法都无法让那只鹰重返大自然；他们把鹰带到很远的地方放生，过不了几天那只鹰又飞回来了，他们驱赶它不让它进家门，他们甚至将它打得遍体鳞伤……许多办法都试过了却不奏效。最后他们终于明白：原来鹰是眷恋它从小长大的家园，舍不得那个温暖舒适的窝。

后来村里的一位老人说把鹰交给我吧，我会让它重返蓝天，永远不再回来。老人将鹰带到附近一个最陡峭的悬崖绝壁旁，然

感谢生命

后将鹰狠狠地向悬崖下的深涧扔去,如扔一块石头,那只鹰开始也如石头般向下坠去,然而就在快要坠到涧底时,它轻轻展开双翅稳稳托住了身体,开始缓缓滑翔,然后它轻轻拍了拍翅膀,飞向了蔚蓝的天空,它越飞越自由舒展,越飞动作越漂亮——这才叫真正的翱翔,蓝天才是它真正的家园啊!它越飞越高,越飞越远,渐渐变成了一个小黑点,飞出了人们的视野,永远地飞走了,再也没有回来。

雄鹰决不会费许多时间去学习乌鸦的本领。

——威廉·布莱克

鹰有时可能比鸡飞得低,但是鸡却永远飞不到鹰那么高。

——列 宁

八、多彩的生命

美丽的接触

【刘第红】

这是一个没有星光的夜晚，茫茫原野上，有一朵昙花将要开放了。像是即将分娩的母亲，昙花忍受着开放的痛苦。

她想到自己白天不能开放，想到自己的生命是那样短暂，内心涌起一阵莫名的悲哀。她渴望被人欣赏，渴望找到知己，正是因为生命短暂，美丽也短暂，更应受到人们的珍视。在七彩阳光下傲然绽苞，在众人期待的目光中灿然吐蕾，也是她无限向往的。

今夜，没有一丝光亮，没有一点声响。黑夜，浓得化不开的黑夜；寂静，无以复加的寂静。天地万物，仿佛都被夜幕给包容了。昙花如同置身于一个孤岛之上，有一种被遗弃的感觉。

昙花意识到，临近开放的时间越来越近了，她内心涌起的失落感也越来越重。她的美丽，将没有任何人知晓。她找不到一个知己，孤独又寂寞。她悄悄地生，又将悄悄地死。

昙花忍受着难言的煎熬，心口隐隐作痛。早知道这样，她宁愿不要美丽，去做一棵平凡的小草，她也能平静地对待。美丽，也是一种负担。

尽管现实如此冷酷，昙花依然没有绝望，内心不乏美丽的憧憬，如果原野是舞台，舞台之下，是人头攒动的观众，当大幕拉开，灯光闪亮的时候，昙花将像孔雀开屏那样，尽情地展示自己的美丽，做一次精彩绝伦的表演，让生命美到极致。尽管花期短，生命短暂，她也无怨无悔，微笑着谢幕，幸福地凋零。

其实，在昙花的旁边，站着一个小男孩。他是一个失明的孩子。他生活在黑暗的世界里，光明对他失去了意义。原野上的黑夜，没有使他感到丝毫可怕。白天和黑夜，对他来说都是一样的。

感谢生命

花朵的颜色，花朵的美丽，小男孩无法看到，但他有一个热切而执著的愿望，就是用手去接触一下花朵，接触一下美丽。他相信自己的感觉。

他伸出双手，在原野上奔波了一天。可是，他没有接触到鲜花，哪怕只是一朵。他的双手，被荆棘划了一道又一道血痕。又一次，小男孩伸出了双手。这回，他接触到了昙花。

同时，昙花也感觉到，有一双温暖的小手在触摸自己。她不由自主地发出激动的战栗，一股幸福的暖流顿时涌遍全身。她总算找到了一个知己。她的美丽，不再是一种痛苦。

昙花竭尽全力地开放着，原野上仿佛能听到劈里啪啦花开的声音。她要把自己的全部美丽，把自己美丽的过程，通过小男孩的双手，默默地传递给他。

小男孩的嘴角，露出了一丝会心的微笑。他的微笑，像一道闪电，划亮了漆黑的原野。

最高的道德就是不断地为人服务，为人类的爱而工作。

——甘　地

八、多彩的生命

森林与草原(节选)

【屠格涅夫】

比如说,您知道春天里黎明前乘车外出的乐趣吗?您走到台阶上……深灰色的天空里几处地方闪烁着星星,湿润的风儿时而像微波似的荡来,听得见压抑的、模糊的夜声,笼罩在浓荫里的树木的低声絮语。仆人把毛毯铺在马车上,把装着茶炊的箱子搁在脚边。拉车的马儿瑟缩着身子,打着响鼻,神气地捯动着蹄子;一对刚刚醒来的白鹅,默默地蹒跚着穿过道路。篱笆后的花园里,看守人安宁地打着鼾声。每一声仿佛都停留在凝滞的空气里,滞留不散。现在您坐到车子里,马儿一下子动身了,马车辚辚地碾过大地……您乘着车子,经过教堂,到山脚下向右一拐,驰过堤岸……池塘刚刚开始蒸腾起雾气。您稍感寒冷,您翻起大衣领子遮住脸面,您打着瞌睡。马儿哗哗地趟过水洼,车夫打着口哨。您大约走了四俄里……天边发红了。乌鸦在白桦林中醒来,笨拙地飞来飞去。麻雀在黑魆魆的草垛附近吱吱喳喳叫着。空气发亮了,道路明显了,天空明朗了,云彩泛白,田野翠绿。农舍里的松明燃烧着红色的火焰,听得见门后喃喃着睡眼惺忪的语声。这时候朝霞灿烂,金色的光带已经弥漫天际。峡谷里水气氤氲,云雀在嘹亮地歌唱,黎明前的风儿吹拂着——于是鲜红的太阳悄悄地升起。光明潮水般泻来。您的心儿像鸟儿似的扑腾着。新鲜,欢乐,美好!周围视野辽阔。瞧,丛林后面有个村子。再远处是建有白色教堂的另一个村子,山上有座小白桦林,林后就是您要去的沼泽地……快点吧,马儿,快点吧!迈开大步往前冲!……至多只有三俄里了。太阳迅速升起,天空澄碧无云……是个出色的天气。一群牲口从村子里向我们迎面走来。您登记上了山

感谢生命

顶……多美的景色！河流蜿蜒，绵延长达十俄里左右；穿越雾气，它呈现出暗蓝的色泽。河那边是水灵灵的绿色草地，草地那边耸起倾斜的丘陵。远处有几只凤头麦鸡啼叫着，盘旋在沼泽上空。穿越流泻于空中的湿润的光辉，远处的地平线清晰地呈现了出来……现在不像夏天那样。胸脯呼吸得多么自由，四肢活动得多么有朝气，感受着春天清新的气息。浑身觉得多么健壮！……

大自然一旦被尊重，它便会驯服地把自己奉献出来，给那些值得享受那壮丽而永恒的美景的人。

——希蒙聂兹

自然的景色的生命，是存在于人的心中的，要理解它，就需要对它有所感受。

——卢　梭

八、多彩的生命

旅　　鼠

【桑内斯】

病魔袭来　初识旅鼠

　　2000年春，我被确诊为肝癌。面对癌症这个象征死亡的字眼，我不敢想象生命将如何被癌细胞残酷地吞噬掉，那种残废来临前的蚀骨的病痛让我万分恐惧。我拒绝手术，我吞安眠药，割脉，但全都没有死成。结果我被医院严格看管起来。

　　一天晚上，我突然接到在一个科研机构从事动物研究的表哥罗拉格的电话。他告诉我，他最近在尤南附近的一个天然草场工作，想邀请我到他那里走走。罗拉格不容我拒绝，欢快地说："不过是个癌症嘛，我这里有办法治疗。"见我沉默，罗拉格又说："信不信由你。"说完就挂断了电话。

　　罗拉格的话吸引了我。这年9月，我背着行装，来到罗拉格的野外研究基地——斯墨拉尔草场。这里地处北极圈内，却因温暖的海洋而水草肥美，生活着贼鸥、猫头鹰、北极狐等许多动物。罗拉格见到我时很惊喜，他告诉我，他们从春天开始，就居住在这片草原了。我好奇地问："你们在这里研究什么？"

　　罗拉格说："这个。"顺着他指的方向，我看到实验室里养着一只只灰黑色的老鼠。"老鼠？"我惊叹起来。罗拉格说，它们不是一般的老鼠，而是旅鼠，旅行的老鼠！

　　我立即被这种奇怪的老鼠吸引了，也加入到罗拉格的工作中，帮他在草原上捕捉旅鼠。

　　说实话，旅鼠可能是世界上最笨的老鼠，我只要拿出鼠夹子、鼠网子、鼠筐子，立马就能捕捉到大量的旅鼠。罗拉格告诉我，

感谢生命

这里每公顷草场,起码有200只以上的旅鼠。我问,它们一直有这么多吗?罗拉格说不是,接着,罗拉格系统地给我们讲了旅鼠的知识:"在春天的时候,斯墨拉尔草原的旅鼠并不是很多,但是到了秋天,斯墨拉尔就是旅鼠的世界了。在这个世界上,除了细菌,就算旅鼠的繁殖能力最强了。一对旅鼠,一年之内可以生7胎,每胎12只,总共84只;第一胎的12只旅鼠在20天后便可进行生育,这12只在一年内又可以生6胎,每一代的生育呈几何数字增加。理论上说来,一对旅鼠每年的繁殖数字是967118,100多对旅鼠在一年内能繁殖几百万只。"

我很惊讶:"天哪,不久以后,整个地球不都是旅鼠的世界了吗?"罗拉格笑说:"大自然是神奇的,它自会安排一切。"我感到他有点像个哲学家,而不是一个研究老鼠的动物学家。

旅鼠变色　狂奔开始

我不知不觉在斯墨拉尔草原呆了近一个月,罗拉格却从来没有对我提起治疗癌症的事。我好几次问他,他都说要耐心地再等等。

10月份到了,草原上的草渐渐枯萎,呈现出一片萧条的景象。那天早晨,我还在睡袋里做梦,就听见草原上响起了一种奇怪的声音,吱吱嗡嗡,仿佛有千军万马从极遥远的地方奔来。我钻出帐篷,看到草丛里有一些橘红色的小动物在窜来窜去,仿佛大难临头一般。这种忙乱的景象和远处明亮的天际相互配合,仿佛地震的前兆。

罗拉格很冷静地告诉我,是旅鼠们"开会"了。他指着草丛中窜来窜去的橘红色的小动物说:"喏,每当它们数量增加到一定数字的时候,就会自动把灰黑色的皮色变成橘红色,吸引猫头鹰、北极狐之类的动物来吃它们,以便自然减员。"我仔细一看,果然,那些皮色橘红的小动物正是旅鼠,来来去去仿佛在传递什么重要信息。此时,我才知道罗拉格和他的伙伴们研究旅鼠已经上十年。他们说,这种旅鼠过多的现象总在定期重演。罗拉格说

八、多彩的生命

道:"这是它们解决鼠量过剩的办法。"

我突然联想到了自己的命运,有些歇斯底里地质问罗拉格:"你是不是认为癌症病人就是人类中超量繁衍的部分?把我叫到斯墨拉尔来看老鼠,是不是为了告诉我我的生命是多余的?"说着眼泪就流了下来,我真实地感受到,这个世界用癌症把我排除,也是让我自然减员。

罗拉格连忙解释说:"我绝对不是这个意思,我让你看的好戏还没有开始呢。今年旅鼠又要旅行了,接下来,它们会慢慢地汇聚到一起,向着一个神秘的目标进发。"

我追问:"神秘的目标是什么?"他不肯告诉我,只说研究基地是旅鼠旅行的必经之地,他们今年要全程追踪拍摄旅鼠的生命之旅。

接下来的几天里,我不断地看到橘红色的旅鼠在草原上东蹿西跳。几天后的一个傍晚,罗拉格神秘地告诉我,旅鼠大概今晚要出发了。我的心怦怦直跳。我们迅速收拾好帐篷,坐在越野车里,等待这一时刻。

当斯墨拉尔草原的太阳缓缓沉向天际时,广袤的草原沉浸在一种绝对静寂中。罗拉格正用深沉的目光注视着远处,然后低声说:"来了,开始了。"这时,我们听到草原深处传来了一种声音,闷闷的,沉沉的,仿佛有人开动了巨大的铲土机,要把草原整体掘地三尺。

转眼之间,一片橘红色的浪从草原深处翻卷而来。近了,我们看清了,离我们约500码的地方,大片的旅鼠正在向前奔跑。正如罗拉格所说的一样,它们汇集在一起,开始整体疯狂的逃奔,仿佛全体发了疯,又仿佛后面有一个可怕的恶魔在追赶它们。队伍浩浩荡荡,却又很有组织,每一只小老鼠都好像得了天命,拼死拼活地赶向前方,遇到小河沟、石块,或者树干,旅鼠们决不避让。在狂奔的队伍中,不断地有旅鼠淹死、撞死或者被天空飞来的老鹰、草原里窜出的狐狸叼走。可是这些危险在疾跑的旅鼠队伍中似乎被忽略了。旅鼠们奔跑,去赴死亡之约,要把生命交

169

回给大自然。

这悲壮的一幕把所有人的眼圈都看红了，沉默良久，罗拉格终于下了命令：出发！跟随旅鼠的生命之旅开始了。

奔赴死亡　震慑生命

接下来的一个多月中，我们驾驶着一辆装备精良的雪佛莱越野车，沿路跟踪旅鼠的踪迹。多年的研究经验，使得罗拉格对旅鼠的旅行路线了如指掌。有时候，我们被大部队落下了；有时候，我们又从高速公路提前绕到了旅鼠必经的路上，静静等候它们的到来。我们从弗于斯克追到塔纳河边的卡拉绍克，我们的前进方向直指巴伦支海。

在长途旅行中，还不断有新的旅鼠加入，队伍不断壮大，到最后大约有四五百万只。仿佛有一股力量，牢牢凝聚着它们，使这支队伍的行动高度协调、百折不挠地前进。白天，它们进食蓄积力量；晚上，它们摸黑前进，不停歇、不绕道，以每日50公里的速度向前进。

跑啊，跑啊，拼死拼活地跑，斯墨拉尔草原不久就被它们抛到了千里之外。有几次，它们遇到了水草肥美的栖息地，可是它们置若罔闻，还是向着目标日夜兼程地奔跑。遇到河流，走在前面的会义无反顾地跳入水中，为后来者架起一座"鼠桥"；遇到悬崖峭壁，许多旅鼠会自动抱成一团，形成一个个大肉球，勇敢地向下滚去，伤的伤，死的死，而活着的又会继续前行，沿途留下了不可胜数的旅鼠的尸体。就这样，它们逢山过山，遇水涉水，勇往直前，前赴后继，沿着一条笔直的路线奋勇向前……

奇怪的是，在与旅鼠共同奔跑的过程中，我渐渐忘记了我的病，偶尔想起，也不像以前那样害怕了。人在自然界中奔跑，会越来越忘记自身，越来越胆大，有时候我会突然对驾车的罗拉格说，快点，快点。罗拉格笑说，你不要命了，这种路能飙车？我说："把命交给上帝吧！"

我的心情越来越好了，我问同行的人："这些旅鼠跑到终点

八、多彩的生命

后要干什么呢？"他们和罗拉格一样，神秘地沉默着。11月中旬，我们抵达巴伦支海韦内斯的海岸，罗拉格预计的旅鼠最终旅行目的地就在这里。从早上5点起，我们就到海边等待队伍的到来。

　　海水湛蓝，海边没有沙滩，只有一片怪石嶙峋的礁石、下午2点左右，我们耳边渐渐地传来杂乱的轰鸣声，紧接着看到大片橘红色的云块贴着地面从远处飘来。旅鼠们终于到了！仍然是义无反顾。到了，快到海边了，趴在不远处岩石上的我拿着望远镜，心狂跳起来。我小声问罗拉格："旅鼠千里迢迢到海边，究竟是为了什么？"他神色肃穆地沉默着，完全没有听到我的问题。

　　只见，最先到达的旅鼠们懵懂地冲到汪洋大海面前，几乎没有一秒钟的犹豫，就毫无惧色地纷纷往大海里跳。先跳海的旅鼠们一瞬间就被汹涌的波涛吞噬了，后面的旅鼠也丝毫没有驻足，仍然紧跟着前面的往下跳。就这样一群群，一批批地，几百万只生命不久就被浩瀚的大海全部吞没了。

　　我几乎不敢相信眼前的一切，难道旅鼠们千辛万苦来到这里，就是为了这绝命的一跳。我心底油然升起对生命的敬畏：旅鼠们对待死亡的态度，真正是争先恐后，仿佛扑进母亲的怀抱。它们竟然用了如此决绝的方式，保全了留在斯墨拉尔那一小部分旅鼠的继续繁衍和生存。两行热泪不知何时已打湿我的脸颊。

　　不知过了多久，大海又恢复了原状，浪花继续冲刷着礁石，可是和我们相伴一路的旅鼠们，却彻底地消失了，等回过头，才看见罗拉格的眼里闪着泪光。

　　就在几百万只旅鼠慷慨赴死的那一刻，我眼前再次浮现了它们一路狂奔的身影，我突然明白：生和死，都是生命的一部分。尽管生命的终点都不外乎是死亡，但是在生命的旅途中，我们不能因惧怕这个终点而消极。不论健康还是疾病，都应该充满激情地度过每一天。

171

树　　叶

【大卫·米德】

　　我在伯父的林场里散步，时不时听到树上小枝子断裂时发出的劈啪声，偶尔也可以听到猫头鹰的叫声。

　　"大卫，奶奶为什么会死？"八岁的堂弟蒂姆突然问我。我吓了一跳，因为我没有想到蒂姆会跟我说话，我们散步这么久了，他还没跟我说过一句话呢。

　　"那是上帝的意愿，"我边说边捡起一根树枝，用力甩了出去。我转过脸看看他，接着说，"上帝是出于某种原因让她死的。"

　　"我不明白，你讲讲死到底是什么？"蒂姆大声说。他的语气让我吃惊，我看到他的眼睛里好像有了泪水。

　　"奶奶去世，你一定很伤心吧？"他点点头。

　　"好吧，我来跟你讲一讲。"我停下来，希望这时能看到一只兔妈妈带着小兔子穿过树林，这样我就可以用它们来做个例子。可是，四周除了高高的橡树，什么也看不到。"蒂姆，奶奶老了。"我正说着，一片树叶落下来，我捡起树叶送给蒂姆，"这片树叶曾经很年轻，可现在老了。"

　　"所有的人都是这样死的吗？"他看着树叶问。

　　"当然不是，就像所有的树叶不会以相同的方式落下一样。"

　　"别的树叶是怎样落的？"

　　"有的落得很慢，像奶奶一样……"

　　"这我知道。"蒂姆打断我的话，"告诉我，其他人的树叶是怎样的？"

　　"我刚才不是在说吗？有些树叶落得很慢，像老人；有些落得很快，就像有人患了癌症。"我从地上拾起一块鹅卵石，抛向天空。

八、多彩的生命

"为什么有的树叶落得快?"我真想不到蒂姆会提出这么多的问题。

"这,我也说不清,也许是因为有的树叶天生虚弱,要么就是它们病了,就像我们有的人很早就死去。"

"有时候我看到,树枝断的时候,成百上千的树叶同时落下,那是怎么回事?"

这孩子真够啰唆的。"你想想,遇到飞机失事或地震时,不是也有成百上千的人死亡吗?这跟树叶是一样的,有时会一起落下来。"

"大卫,你的树叶呢?"蒂姆好像有点害怕提这样的问题。

"肯定在什么地方,但我现在说不清。"我感到有些冷,便把我的上衣拉链拉上去。

"大卫,我要保护你的生命,我要抓住你的树叶,不让它落下来,这样你就不会死了。"

我惊愕了:"听着,小孩子,人总是要死的,只是迟早而已。死是避免不了的,正如你不可能把所有的树叶都抓住,就是这样。"

"可是春天来了,树上又长满了树叶,这是怎么回事?"

"这就像新生儿替代了死去的人。"我抬头望着天空,天色已经暗下来。

"那么,大卫,婴儿是从哪儿来的?"

"见鬼,这里好冷,咱们回家吧。我跟你赛跑,看谁先跑到家。"

"等等,大卫,你还没回答我的问题呢。"

"预——备——跑!"

"什么?"

"没什么,从现在起,让我们紧紧抓住自己的树叶吧!"

自然中的一切都具有性格。

——罗 丹

动物只要求为它所必需的东西，反之，人则要求超过这个。

——德谟克立特

人生只有一次，为什么不以积极、乐观的态度去迎接每一天呢？

——藤田田

新人文读本 第2版

小学12卷，初中6卷

内容介绍

本套丛书充分张扬人文精神，使中小学生感悟爱、和谐、关怀、独立、自尊、创造、责任等饱含人情味和人文气息的人文主题。震撼人心的深刻内涵，创造奇迹的爱心故事，透明纯净的童心天空，温暖人间的美德修养，笑傲挫折的平静坦然，奇趣多彩的自然景观，广博深远的科技前景……缤纷的文字散发着馨香的人文气息，蕴涵着深厚的人文底蕴，引人入胜，发人深省。

系列亮点

精选当代美文　　弘扬人文精神
倡导自主阅读　　提升写作能力

国家"十一五"重点图书出版规划
- 全国"知识工程"联合推荐用书
- 全国"知识工程·创建学习型组织"联合团购用书
- 教育部全国中小学图书馆推荐用书
- 《中国图书商报》最具创新性助学读物

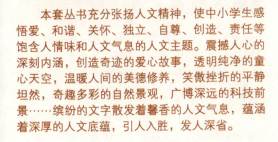

新科学读本（珍藏版）

共8册

把科学教育从"题海战术"中解放出来

主编：著名科普作家、清华大学教授　刘　兵

中华人文精神读本

（青少年版）

4册·彩色插图版

丛书简介

如何对待我们的传统文化是近现代摆在我们面前的一个无可回避的问题，也是一个一直在热烈争论的问题，这也是国学"热"的重要原因。不同的时代面临的问题不一样，因此会有不同的观点。但"古为今用，取其精华"则是共识。《中华人文精神读本》精心挑选数千年来对中国产生过深远影响，而且在今天仍然在被人们所关心的26个主题，并从中国最重要的文化典籍中挑选朗朗上口，思想性和文学性很强的内容呈现给读者。丛书不仅仅是对古代文言进行注释和文意解说，为了便于读者理解，每个阅读单元还提供了生动有趣的小故事，并引申出对今天人们行为的有指导性的启示。图文并茂，生动活泼。

主编简介

汤一介：北京大学哲学系教授，中国哲学与文化研究所所长，博士生导师。加拿大麦克玛斯特大学荣誉博士学位。美国哈佛大学访问学者，曾任美国、澳大利亚、香港等大学客座教授。中国文化书院院长、中国哲学史学会顾问、中华孔子学会副会长、中国东方文化研究会副理事长、中国炎黄文化研究会副会长、国际价值与哲学研究会理事，国际儒学联合会顾问、国际道学联合会副主席；曾任国际中国哲学会主席，现任该会驻中国代表。

声 明

虽经多方努力，我们仍未能与本书部分作者取得联系，在此我们深表歉意。请相关著作权人尽快与北京大学出版社教育出版中心联系，我们将向您支付稿酬。

邮编：100871